100 POÈMES incontournables

Dans la même série

100 romans incontournables, Librio n° 870
100 polars incontournables, Librio n° 871
100 BD incontournables, Librio n° 900
100 premières phrases incontournables, Librio n° 903
100 romans cultes des ados, Librio n° 908
100 chefs-d'œuvre incontournables de l'Imaginaire, Librio n° 909
100 héros de la littérature, Librio n° 919
100 romans d'amour incontournables, Librio n° 942
100 romans érotiques incontournables, Librio n° 943
100 films incontournables, Librio n° 957
100 livres les plus drôles, Librio n° 959
100 histoires drôles incontournables, Librio n° 960

100 POÈMES incontournables

Guide proposé par Patrick Poivre d'Arvor

Librio

à Jean d'Arvor, mon grand-père,
qui m'a fait découvrir et aimer la poésie.

Introduction

À Mademoiselle, ma mie, qui ne lisez plus mes lettres, trouvant déjà bien longs ces tout petits messages électroniques qui font de drôles de bruits quand ils sonnent en arrivant près de votre cœur ébréché, voici des fruits, des fleurs, des feuilles par dizaines, des branches et même des arbres que l'on abat pour faire des livres, et des livres que l'on écrit pour faire rêver les jeunes filles.

À quoi rêvent d'ailleurs les jeunes filles en fleur d'aujourd'hui ? Aux mêmes élans que leurs mères et grand-mères. Et les jeunes hommes, itou. À l'amour. L'amour que l'on ne sait dire et c'est pourquoi on écrit des poèmes. L'amour qui enflamme, qui paralyse, qui dessèche, qui fuit et qui se meurt.

Voilà donc à quoi servent les poètes, à offrir leur âme en partage, longtemps, longtemps après qu'ils ont disparu, comme on nous l'a chanté : « Et puis voici mon cœur qui ne bat que pour vous », disait Verlaine. Ces déclarations d'amour sont universelles et s'adressent à tous. Peut-être pensait-il alors encore à son jeune ami Arthur Rimbaud, qui devint mon maître de vie le jour même où je le rencontrai pour la première fois, aux alentours de ma treizième année. Il me plaisait, avec sa petite gueule d'ange ébouriffé, ses fugues à Paris, Bruxelles, Londres et plus tard à Aden et à Harrar. Il était né pas trop loin de chez moi, et c'est à lui que je rendis visite, pour ma première fugue, bien modeste, sur sa tombe ardennaise. Comme lui, je croyais à tous les enchantements, j'aimais indistinctement « littérature démodée, latin d'église, livres érotiques sans orthographe, romans de nos aïeules, contes de fées, petits livres de l'enfance, opéras vieux, refrains niais, rythmes naïfs ».

Il y a de tout cela dans cet ouvrage, Mademoiselle, ma mie. Puisez et servez-vous, ce choix de cent soixante-dix poètes est parfaitement subjectif, mais c'est le mien et je revendique le droit d'en changer demain ou dans dix ans. J'y ai mêlé les troubadours et les chanteurs, les très morts et les très vivants. Mais tous au fond disent comme Alain Bosquet que le poète, par un jour de souffrance ou de malheur, peut rendre de grands services, « car sa spécialité, c'est un air de printemps irrésistible et doux ». L'air est souvent doux chez les poètes, tant parfois qu'on ferme les paupières sous les tilleuls verts de la promenade... Oh non, on n'est pas sérieux quand on a dix-sept ans, et même deux fois, trois fois, quatre fois plus !

Mademoiselle, ma mie, un musicien qui vous aurait bien plu au Café de Flore a écrit l'année de ma naissance : « Si les poètes étaient moins bêtes. Et s'ils étaient moins paresseux. Ils rendraient tout le monde heureux. » Boris Vian se moque, bien sûr, les poètes sont moins bêtes que le reste de leurs contemporains, mais ils pourraient donner encore plus de bonheur si les lecteurs étaient moins paresseux. Il faut lire de la poésie, c'est un acte de salubrité personnelle que la Sécurité sociale devrait pouvoir rembourser. Il faut aussi continuer à en écrire car c'est ainsi qu'on évacue les trop-pleins d'émotion qui parfois nous submergent :

Mon bel amour mon cher amour ma déchirure
Je te porte dans moi comme un oiseau blessé
Et ceux-là sans savoir nous regardent passer
Répétant après moi les mots que j'ai tressés
Et qui pour tes grands yeux tout aussitôt moururent
Il n'y a pas d'amour heureux...

Ah ! les grands yeux d'Elsa... et les vers d'Aragon qui permirent au monde entier de se mirer en eux... S'il les avait gardés pour lui, il ne nous aurait pas encouragés à tomber amoureux par procuration. Les poètes sont des entremetteurs et ce florilège de mots effarouchés, comme une brassée de fleurs, est destiné à les en remercier.

Patrick Poivre d'Arvor

Première partie

À L'AUBE DE LA POÉSIE

Moyen Âge (du XIIe au XVe siècle)

CHRÉTIEN DE TROYES

(v. 1135-v. 1183)

D'AMOUR QUI M'A RAVI À MOI-MÊME

D'amour qui m'a ravi à moi-même
sans vouloir me garder pour lui,
je me plains tout en lui accordant
de faire de moi son plaisir.
Pourtant, je ne puis m'empêcher
de m'en plaindre, et voici pourquoi :
ceux qui le trahissent, je les vois
souvent atteindre le bonheur,
et moi j'y échoue par ma bonne foi.

Si Amour, pour glorifier sa loi,
veut convertir ses ennemis,
il a raison, à ce que je crois,
car il ne peut faillir aux siens ;
et moi qui ne peux me séparer
de celle devant qui je m'incline,
je lui envoie mon cœur qui lui appartient ;
mais je crois la servir bien peu
en lui rendant ce que je lui dois.

Dame, de ce que je suis votre vassal,
dites-moi si vous m'en savez gré.
Non, pour autant que je vous aie bien connue,
mais il vous déplaît de m'avoir à votre service.
Du moment que vous ne m'acceptez pas,
je vous appartiens dès lors malgré vous ;
mais si jamais de quelqu'un vous devez
avoir pitié, souffrez ma présence,
car je ne puis servir une autre personne.

Jamais je n'ai bu du philtre
dont Tristan fut empoisonné,
mais je suis rempli d'un plus grand amour
par un cœur loyal et une ardente volonté.
Je dois consentir à cet amour de mon plein gré
car je n'ai subi aucune contrainte :
je n'ai fait que suivre mes yeux

qui m'ont engagé dans une voie
dont jamais je ne sortirai ni ne suis jamais sorti.

Cœur, si ma dame ne t'aime pas,
pour autant ne t'en sépare jamais :
demeure toujours en son pouvoir
puisque tu l'as commencé et entrepris.
Jamais, si tu m'en crois, tu n'aimeras davantage.
Mais que les difficultés ne te découragent pas !
Le bien s'apprivoise avec le temps,
et plus tu l'auras désiré,
plus tu auras de plaisir à le goûter.

J'aurais obtenu sa pitié, je pense,
si elle avait été à la mesure
du monde quand je l'invoque ;
mais je crois qu'elle y est étrangère.
Jamais je ne cesse, jamais je ne laisse
de prier ma douce Dame,
que je prie et supplie sans succès
en homme qui ne sait plaisanter
quand il faut servir et louer Amour.

(Trad. : Jean Dufournet)

JAUFRÉ RUDEL
(v. 1113-v. 1170)

LA PRINCESSE LOINTAINE

Quand le ruisseau de la fontaine
S'éclaircit et la marjolaine
Au joyeux soleil du printemps
Et que du rossignol le chant
S'élève et module et s'affine
Sur la branche de l'aubépine,
Il faut que j'entonne le mien.

Amour de la terre lointaine
Pour vous tout mon corps est dolent,
Car ne fut plus gente chrétienne,
Heureux pour qui elle est parlant.

De désir mon cœur est tiré
Vers cette dame qu'entre tous j'aime.
Pour elle ai toujours soupiré [...]

GUILLAUME DE LORRIS
(v. 1200-v. 1238)

AU VINGTIÈME AN DE MON ÂGE

Au vingtième an de mon âge,
Au temps où l'amour prend le péage
Des jeunes gens, j'étais couché
Une nuit, selon ma coutume,
Et je dormais profondément;
En mon sommeil, je vis un songe
Vraiment très beau et très plaisant.
Or de ce songe il n'y eut rien
Qui en tout ne soit advenu
Comme le songe le contait.
Je veux ce songe mettre en vers,
Pour vous réjouir le cœur,
Car amour m'en prie et le commande;
Et si l'un ou l'une demande
Comment je veux que ce roman
Que je commence soit nommé,
Voici le Roman de la Rose
Où l'art d'Amour est tout enclos.
La matière en est bonne et neuve;
Dieu fasse que l'accueille bien
Celle pour qui je l'ai entrepris;
C'est celle qui a tant de prix
Et est si digne d'être aimée
Qu'elle doit être appelée la Rose [...]

(*Le Roman de la Rose*)

BÉATRICE DE DIE
(fin XIIe-début du XIIIe siècle)

CHANSON

Grande peine m'est advenue
Pour un chevalier que j'ai eu.
Je veux qu'on sache en tous les temps
L'excès d'amour que lui portais.
À présent me voilà trahie,
Pour ne lui point donner d'amour
Quand je fus en grande folie,
Au lit comme toute vêtue !

Comme voudrais mon chevalier
Tenir un soir en mes bras nus,
Il en serait comblé de joie
Si lui servais de doux coussin,
Car plus en suis enamourée
Qu'un jour Flore de Blanchefleur,
Mon cœur lui donne, et mon amour,
Mon âme, mes yeux et ma vie.

Bel ami, charmant et plaisant,
Qu'un jour vous aie en mon pouvoir,
Et que couche avec vous un soir,
En vous donnant baisers d'amour !
Sachez quel grand plaisir j'aurais
De vous en place de mon mari
Pourvu que me donniez promesse
de tout faire à mon bon vouloir.

(Trad. de Georges Ribemont-Dessaignes)

THIBAUT DE CHAMPAGNE
(1201-1253)

JE SUIS SEMBLABLE À LA LICORNE

Je suis semblable à la licorne
qui contemple, fascinée,
la vierge que suit son regard.
Heureuse de son tourment,
elle tombe pâmée en son giron,
proie offerte au traître qui la tue.
Ainsi de moi, je suis mis à mort.
Amour et ma dame me tuent.
Ils ont pris mon cœur, je ne peux le reprendre.

Dame, quand je fus pour la première fois
devant vous, quand je vous vis,
mon cœur si fort tressaillit
qu'il est resté auprès de vous quand je partis.

Alors il fut emmené sans rançon
et enfermé dans la douce prison
dont les piliers sont de désir,
les portes de contemplation,
et les chaînes, de bon espoir.

Amour a la clef de la prison,
il la fait garder par trois portiers :
Beau Visage a nom le premier,
Beauté exerce ensuite son pouvoir ;
Obstacle est mis devant l'entrée,
un être sale, félon, vulgaire et puant,
plein de malveillance et de scélératesse.
Ces gardiens rusés et rapides
ont tôt fait de se saisir d'un homme !

Qui pourrait supporter les brimades
et les assauts de ces geôliers ?
Jamais Roland ni Olivier
ne remportèrent de si rudes batailles.
Ils triomphèrent, les armes à la main,
mais ceux-là, seule Humilité peut les vaincre

dont Patience est le porte-étendard.
En ce combat dont je vous parle,
il n'est d'autre recours que la pitié.

Dame, je ne redoute rien tant
que de manquer à vous aimer.
J'ai tant appris la souffrance
qu'elle m'a lié tout entier à vous.
Et même s'il vous déplaisait,
je ne pourrais renoncer à vous
sans emporter au moins mes souvenirs.
Mon cœur, lui, restera en prison,
et peut-être moi-même.

(Trad. d'Emmanuèle Baumgartner et Françoise Ferrand)

CHRISTINE DE PISAN
(1364-v. 1430)

SEULETTE SUIS

Seulette suis et seulette veux être,
Seulette m'a mon doux ami laissée,
Seulette suis sans compagnon ni maître,
Seulette suis dolente et courroucée,
Seulette suis en langueur malaisée,
Seulette suis plus que nul égarée,
Seulette suis sans ami demeurée.

Seulette suis à porte ou à fenêtre,
Seulette suis en un angle mussée,
Seulette suis pour moi de pleurs repaître,
Seulette suis dolente ou apaisée,
Seulette suis et rien tant ne m'agrée,
Seulette suis en ma chambre enserrée,
Seulette suis sans ami demeurée.
Seulette suis partout et en tout être,
Seulette suis marchant ou arrêtée,
Seulette suis plus qu'autre rien terrestre,
Seulette suis de chacun délaissée,
Seulette suis durement abaissée,
Seulette suis souvent tout éplorée,
Seulette suis sans ami demeurée.

Prince, voici ma douleur commencée :
Seulette suis de tout deuil menacée,
Seulette suis plus sombre que dorée,
Seulette suis sans ami demeurée.

(*Cent ballades d'amant et de dame,* ballade XI)

MA DOUCE AMOUR

Ma douce amour, ma plaisance chérie,
Mon ami cher, tout ce que puis aimer,
Votre douceur m'a de tous maux guérie.
En vérité, je vous peux proclamer
Fontaine dont tout bien me vient
Qui en paix comme en joye me soutient
Et dont plaisirs m'arrivent à largesse,
Car vous tout seul me tenez en liesse.

L'âcre douleur qui en moi s'est nourrie
Si longuement d'avoir autant aimé,
Votre bonté l'a pleinement tarie.
Or je ne dois me plaindre ni blâmer
        Cette Fortune qui devient
Favorable, si telle se maintient;
Mise m'avez sur sa voie et adresse,
car vous tout seul me tenez en liesse.

Ainsi l'Amour, par toute seigneurie,
À tel bonheur m'a voulu réclamer.
Car dire puis, sans nulle flatterie,
Qu'il n'est meilleur même en deçà des mers
        Que vous, m'amour, ainsi le tient
Pour vrai mon cœur qui tout à vous se tient
Et vers rien d'autre son penser ne dresse,
Car vous tout seul me tenez en liesse.

C'est douce chose que mariage
– Je le pourrais par moi prouver –
Pour qui a mari bon et sage
Comme Dieu me l'a fait trouver.
Loué soit celui qui sauver
Me le veuille car son soutien,
Chaque jour je l'ai éprouvé,
Et certes, le doux m'aime bien.

La première nuit du mariage,
Dès ce moment, j'ai pu juger
Sa bonté, car aucun outrage
Ne tenta qui me dût blesser.
Et avant le temps du lever
Cent fois me baisa, m'en souviens,

Sans vilenie dérober,
Et certes, le doux m'aime bien.

Il parlait cet exquis language :
« Dieu m'a fait vers vous arriver,
Tendre amie, et pour votre usage,
Je crois, il voulut m'élever. »
Ainsi ne cessa de rêver
Toute la nuit en tel maintien,
Sans nullement en dévier,
et certes, le doux m'aime bien.

Prince, d'amour peut m'affoler
Quand il me dit qu'il est tout mien ;
De douceur me fera crever,
Et certes, le doux m'aime bien.

(*Autres ballades*)

CHARLES D'ORLÉANS
(1394-1465)

JE MEURS DE SOIF EN COÛTE LA FONTAINE

Je meurs de soif en coûte[1] la fontaine;
Tremblant de froid au feu des amoureux;
Aveugle suis, et si[2] les autres mène;
Pauvre de sens, entre sachants l'un d'eux;
Trop négligent, en vain souvent soigneux;
C'est de mon fait une chose faée[3],
En bien et mal par Fortune menée.

Je gagne temps, et perds mainte semaine;
Je joue et ris, quand me sens douloureux;
Déplaisance j'ai d'espérance pleine;
J'attends bonheur en regret angoisseux;
Rien ne me plaît, et si suis désireux;
Je m'éjouis, et cource[4] à ma pensée,
En bien et mal par Fortune menée.

Je parle trop, et me tais à grand-peine;
Je m'ébahis, et suis courageux;
Tristesse tient mon confort en domaine;
Faillir ne puis, au moins à l'un des deux;
Bonne chère je fais quand je me deul[5];
Maladie m'est en santé donnée,
En bien et mal par Fortune menée.

Prince, je dis que mon fait malheureux
Et mon profit aussi avantageux,
Sur un hasard j'assoirai quelque année,
En bien et mal par Fortune menée.

(*Ballades*)

1. Près de.
2. Et pourtant.
3. Enchantée.
4. Je me chagrine.
5. Je m'afflige.

LE TEMPS A LAISSÉ SON MANTEAU

Le temps a laissé son manteau
De vent, de froidure et de pluie,
Et s'est vêtu de broderie,
De soleil luisant, clair et beau.

Il n'y a bête ni oiseau
Qu'en son jargon ne chante ou crie :
Le temps a laissé son manteau
De vent, de froidure et de pluie.

Rivière, fontaine et ruisseau
Portent, en livrée jolie,
Gouttes d'argent d'orfèvrerie,
Chacun s'habille de nouveau :
Le temps a laissé son manteau !

(*Rondeaux*)

CHANSON

Que me conseillez-vous, mon cœur ?
Irai-je par-devers la belle,
Lui dire la peine mortelle
Que souffrez pour elle en douleur ?

Pour votre bien et son honneur,
C'est droit que votre conseil cèle.
Que me conseillez-vous, mon cœur,
Irai-je par-devers la belle ?

Si pleine la sais de douceur
Que trouverai merci en elle.
Tôt en aurez bonne nouvelle.
J'y vais, n'est-ce pour le meilleur ?
Que me conseillez-vous, mon cœur ?

(*Rondeaux*)

FRANÇOIS VILLON

(1431-v. 1463)

BALLADE DES DAMES DU TEMPS JADIS

Dites-moi où, en quel pays
Est Flora, la belle Romaine;
Archipiade et Thaïs
Qui fut sa cousine germaine;
Écho, parlant quand bruit on mène
Dessus rivière ou sur étang,
Qui beauté eut trop plus qu'humaine?
Mais où sont les neiges d'antan?

Où est la très sage Héloïs,
Pour qui fut châtré et puis moine
Pierre Abélard à Saint-Denis?
Pour son amour eut cette essoine[1]!
Semblablement, où est la reine
Qui commanda que Buridan
Fût jeté en un sac en Seine?
Mais où sont les neiges d'antan?

La reine Blanche comme un lis
Qui chantait à voix de sirène,
Berthe au grand pied, Biétris, Alis,
Haramburgis qui tint le Maine,
Et Jeanne, la bonne Lorraine
Qu'Anglais brûlèrent à Rouen;
Où sont-elles, où, Vierge souveraine?
Mais où sont les neiges d'antan?

Prince, n'enquerrez de semaine
Où elles sont, ni de cet an,
Qu'à ce refrain ne vous ramène:
Mais où sont les neiges d'antan?

1. Épreuve.

LA BALLADE DES PENDUS

Épitaphe de Villon

Frères humains qui après nous vivez,
N'ayez les cœurs contre nous endurcis,
Car, si pitié de nous pauvres avez,
Dieu en aura plus tôt de vous merci.
Vous nous voyez ci attachés cinq, six:
Quant à la chair, que trop avons nourrie,
Elle est piéça[1] dévorée et pourrie,
Et nous, les os, devenons cendre et poudre.
De notre mal personne ne se rie,
Mais priez Dieu que tous nous veuille absoudre!

Si frères vous clamons[2], pas n'en devez
Avoir dédain, quoique fûmes occis
Par justice. Toutefois, vous savez
Que tous hommes n'ont pas bon sens rassis;
Excusez-nous, puisque sommes transis[3],
Envers le fils de la Vierge Marie,
Que sa grâce ne soit pour nous tarie,
Nous préservant de l'infernale foudre.
Nous sommes morts, âme ne nous harie[4],
Mais priez Dieu que tous nous veuille absoudre!

La pluie nous a débués et lavés,
Et le soleil desséchés et noircis;
Pies, corbeaux nous ont les yeux cavés,
Et arraché la barbe et les sourcils.
Jamais nul temps nous ne sommes assis;
Puis çà, puis là, comme le vent varie,
À son plaisir sans cesser nous charrie,
Plus becquetés d'oiseaux que dés à coudre.
Ne soyez donc de notre confrérie,
Mais priez Dieu que tous nous veuille absoudre!

1. Depuis longtemps.
2. Vous appelons.
3. Trépassés.
4. Que personne ne nous tourmente.

Prince Jésus, qui sur tous a maîtrie,
Garde qu'Enfer n'ait de nous seigneurie :
À lui n'ayons que faire ni que soudre [1].
Hommes, ici n'a point de moquerie ;
Mais priez Dieu que tous nous veuille absoudre !

1. Payer.

Deuxième partie

L'ÉCLAT DE LA RENAISSANCE

La Pléiade, la Renaissance, l'âge baroque (du XVe au XVIIe siècle)

CLÉMENT MAROT
(1496-1544)

DE SA GRANDE AMIE

rondeau

Dedans Paris, ville jolie,
Un jour passant mélancolie,
Je pris alliance nouvelle
À la plus gaie demoiselle
Qui soit d'ici en Italie.
D'honnêteté elle est saisie
Et crois (selon ma fantaisie)
Qu'il n'en est guère de plus belle
Dedans Paris.
Je ne vous la nommerai mie,
sinon que c'est ma grand'amie;
Car l'alliance se fit telle
Par un doux baiser que j'eus d'elle,
Sans penser aucune infamie
Dedans Paris.

PONTUS DE TYARD
(1521-1605)

JE VIS ROUGIR SON BLANC POLI IVOIRE

Je vis rougir son blanc poli ivoire
Et cliner plus humainement sa vue
Quand je lui dis : Si ta rigueur me tue,
En auras-tu, cruelle, quelque gloire ?

Lors je connus, au moins je veux le croire,
Qu'amour l'avait atteinte à l'imprévue :
Car elle, éprise, et doucement émue,
Par un souris me promit la victoire.

Et me laissant baiser sa blanche main,
Me fit recueil si tendrement humain,
Que d'autre bien depuis je n'ai vécu.

Mais éprouvant un trait d'œil, sa douceur
Si vivement me vint toucher au cœur,
Que, pensant vaincre, enfin je vus vaincu.

JOACHIM DU BELLAY
(1522-1560)

CES CHEVEUX D'OR

Ces cheveux d'or sont les liens, Madame,
Dont fut premier ma liberté surprise,
Amour la flamme autour du cœur éprise,
Ces yeux le trait qui me transperce l'âme.

Forts sont les nœuds, âpre et vive la flamme,
Le coup de main à tirer bien apprise,
Et toutefois j'aime, j'adore et prise
Ce qui m'étreint, qui me brûle et entame.

Pour briser donc, pour éteindre et guérir
Ce dur lien, cette ardeur, cette plaie,
Je ne quiers fer, liqueur, ni médecine.

L'heur et plaisir que ce m'est de périr
De telle main ne permet que j'essaie
Glaive tranchant, ni froideur, ni racine.

SI NOTRE VIE

Si notre vie est moins qu'une journée
En l'éternel, si l'an qui fait le tour
Chasse nos jours sans espoir de retour,
Si périssable est toute chose née,

Que songes-tu, mon âme emprisonnée ?
Pourquoi te plaît l'obscur de notre jour,
Si pour voler en un plus clair séjour,
Tu as au dos l'aile bien empennée ?

Là est le bien que tout esprit désire,
Là, le repos où tout le monde aspire,
Là est l'amour, là, le plaisir encore.

Là, ô mon âme, au plus haut ciel guidée,
Tu y pourras reconnaître l'Idée
De la beauté, qu'en ce monde j'adore.

Las, où est maintenant ce mépris de Fortune ?
Où est ce cœur vainqueur de toute adversité,
Cet honnête désir de l'immortalité
Et cette honnête flamme au peuple non commune ?
Où sont ces doux plaisirs qu'au soir sous la nuit brune
Les Muses me donnaient, alors qu'en liberté
dessus le vert tapis d'un rivage écarté
Je les menais danser aux rayons de la lune ?
Maintenant la Fortune est maîtresse de moi,
Et mon cœur, qui soulait être maître de soi,
Est serf de mille maux et regrets qui m'ennuient.
De la postérié je n'ai plus de souci,
Cette divine ardeur, je ne l'ai plus aussi,
Et les Muses de moi, comme étranges, s'enfuient.

France, mère des arts, des armes et des lois,
Tu m'as nourri longtemps du lait de ta mamelle :
Ores, comme un agneau qui sa nourrice appelle,
Je remplis de ton nom les antres et les bois
Si tu m'as pour enfant avoué quelquefois,
Que ne me réponds-tu maintenant, ô cruelle ?
France, France, réponds à ma triste querelle :
Mais nul, sinon Écho, ne répond à ma voix.
Entre les loups cruels j'erre parmi la plaine,
Je sens venir l'hiver, de qui la froide haleine
D'une tremblante horreur fait hérisser ma peau.
Las, tes autres agneaux n'ont faute de pâture,
Ils ne craignent le loup, le vent ni la froidure :
Si ne suis-je pourtant le pire du troupeau.

Maintenant je pardonne à la douce fureur
Qui m'a fait consumer le meilleur de mon âge
Sans tirer autre fruit de mon ingrat ouvrage
Que le vain passe-temps d'une si longue erreur.
Maintenant je pardonne à ce plaisant labeur
Puisque seul il endort le souci qui m'outrage
Et puisque seul il fait qu'au milieu de l'orage,
Ainsi qu'auparavant, je ne tremble de peur.
Si les vers ont été l'abus de ma jeunesse,
Les vers seront aussi l'appui de ma vieillesse :
S'ils furent ma folie, ils seront ma raison ;
S'ils furent ma blessure, ils seront mon Achille,

S'ils furent mon venin, le scorpion utile
Qui sera de mon mal la seule guérison.

Heureux qui, comme Ulysse, a fait un beau voyage,
Ou comme cestuy-là qui conquit la toison,
Et puis est retourné, plein d'usage et raison,
Vivre entre ses parents le reste de son âge !
Quand reverrai-je, hélas, de mon petit village
Fumer la cheminée, et en quelle saison
Reverrai-je le clos de ma pauvre maison
Qui m'est une province et beaucoup davantage ?
Plus me plaît le séjour qu'ont bâti mes aïeux
Que des palais romains le front audacieux ;
Plus que le marbre dur me plaît l'ardoise fine,
Plus mon Loire gaulois que le Tibre latin,
Plus mon petit Liré que le mont Palatin
Et plus que l'air marin la douceur angevine.

LOUISE LABÉ
(v. 1524-v. 1565)

SONNETS

Ô beaux yeux bruns, ô regards détournés,
Ô chauds soupirs, ô larmes épandues,
Ô noires nuits vainement attendues,
Ô jours luisants vainement retournés,
Ô tristes plains, ô désirs obstinés,
Ô temps perdu, ô peines dépendues,
Ô mille morts en mille rêts tendues,
Ô pires maux contre moi destinés,
Ô ris, ô front, cheveux, bras, mains et doigts,
Ô luth plaintif, viole, archet et voix :
Tant de flambeaux pour ardre une femelle !
De toi me plains que, tant de feux pourtant,
En tant d'endroits d'iceux mon cœur tâtant,
N'en est sur toi volé quelque étincelle.

Ô longs désirs, ô espérances vaines,
Tristes soupirs et larmes coutumières
À engendrer de moi maintes rivières,
Dont mes deux yeux sont sources et fontaines !
Ô cruautés, ô duretés inhumaines,
Piteux regards des célestes lumières ;
Du cœur transi ô passions premières,
Estimez-vous croître encore mes peines ?
Qu'encore Amour sur moi son arc essaie,
Que nouveaux feux me jette et nouveaux dards ;
Qu'il se dépite et pis qu'il pourra fasse
Car je suis tant navrée en toutes parts
Que plus en moi une nouvelle plaie
Pour m'empirer, ne pourrait trouver place.

Depuis qu'Amour cruel empoisonna
Premièrement de son feu ma poitrine,
Toujours brûlai de sa fureur divine,
Qui un seul jour mon cœur n'abandonna.
Quelque travail, dont assez me donna,
Quelque menace et prochaine ruine,
Quelque penser de mort que tout termine,

De rien mon cœur ardent ne s'étonna.
Tant plus qu'Amour nous vient fort assaillir,
Plus il nous fait nos forces recueillir
Et toujours frais en ses combats fait être.
Mais ce n'est pas qu'en rien nous favorise
Cil qui les Dieux et les hommes méprise
Mais pour plus fort contre les forts paraître.

On voit mourir toute chose animée
Lorsque du corps l'âme subtile part:
Je suis le corps, toi la meilleure part,
Où es-tu donc, ô âme bien-aimée?
Ne me laissez pas si long temps pâmée,
Pour me sauver après viendrais trop tard.
Las, ne mets point ton corps en ce hasard,
Rends-lui sa part et moitié estimée.
Mais fais, ami, que ne soit dangereuse
Cette rencontre et revue amoureuse
L'accompagnant, non de sévérité,
Non de rigueur, mais de grâce amiable
Qui doucement me rende ta beauté,
Jadis cruelle, à présent favorable.

Je vis, je meurs: je me brûle et me noie.
J'ai chaud extrême en endurant froidure,
La vie m'est et trop molle et trop dure.
J'ai grands ennuis entremêlés de joie.
Tout à un coup je ris et je larmoie,
Et en plaisir maint grief tourment j'endure:
Mon bien s'en va et à jamais il dure.
Tout en un coup je sèche et je verdoie,
Ainsi Amour inconstamment me mène
Et quand je pense avoir plus de douleur,
Sans y penser je me trouve hors de peine.
Puis, quand je crois ma joie être certaine
Et être au haut de mon désiré heur,
Il me remet en mon premier malheur.

Ô doux regards, ô yeux pleins de beauté,
Petits jardins pleins de fleurs amoureuses
Où sont d'Amour les flèches dangereuses
Tant à vous voir mon œil s'est arrêté!
Ô cœur félon, ô rude cruauté,
Tant tu me tiens de façons rigoureuses,
Tant j'ai coulé de larmes langoureuses,

Sentant l'ardeur de mon cœur tourmenté !
  Donques, mes yeux, tant de plaisir avez,
Tant de bons tours par ses yeux recevez.
Mais toi, mon cœur, plus les vois s'y complaire,
  Plus tu languis, plus en as de souci ;
Or devinez si je suis aise aussi,
Sentant mon œil être à mon cœur contraire.

PIERRE DE RONSARD
(1524-1585)

MIGNONNE, ALLONS VOIR SI LA ROSE

Mignonne, allons voir si la rose
Qui ce matin avait déclose
Sa robe de pourpre au soleil,
A point perdu, cette vêprée,
Les plis de sa robe pourprée
Et son teint au vôtre pareil.

Las ! voyez comme en peu d'espace,
Mignonne, elle a dessus la place
Las ! las ! ses beautés laissé choir !
Ô vraiment marâtre Nature
Puisqu'une telle fleur ne dure
Que du matin jusques au soir !

Donc, si vous m'en croyez, mignonne,
Tandis que votre âge fleuronne
En sa plus verte nouveauté,
Cueillez, cueillez votre jeunesse :
Comme à cette fleur la vieillesse
Fera ternir votre beauté.

(*Les Odes*)

MADRIGAL

Si c'est aimer, Madame, et de jour et de nuit
Rêver, songer, penser le moyen de vous plaire,
Oublier toute chose, et ne vouloir rien faire
Qu'adorer et servir la beauté qui me nuit;

Si c'est aimer de suivre un bonheur qui me fuit,
De me perdre moi-même et d'être solitaire,
Souffrir beaucoup de mal, beaucoup craindre et me taire,
Pleurer, crier merci, et m'en voir éconduit;

Si c'est aimer de vivre en vous plus qu'en moi-même
Cacher d'un front joyeux une langueur extrême,
Sentir au fond de l'âme un combat inégal,
Chaud, froid, comme la fièvre amoureuse me traite,

Honteux, parlant à vous, de confesser mon mal,
Si cela c'est aimer, furieux je vous aime.
Je vous aime, et sais bien que mon mal est fatal
Le cœur le dit assez, mais la langue est muette.

CIEL, AIR ET VENTS, PLAINS ET MONTS DÉCOUVERTS

Ciel, air et vents, plains et monts découverts,
Tertres vineux et forêts verdoyantes,
Rivages tors et sources ondoyantes,
Taillis rasés et vous, bocages verts,

Antres moussus à demi-front ouverts,
Prés, boutons, fleurs et herbes roussoyantes,
Vallons bossus et plages blondoyantes,
Et vous, rochers, les hôtes de mes vers,

Puisqu'au partir, rongé de soin et d'ire,
À ce bel œil Adieu je n'ai su dire,
Qui près et loin me détient en émoi,

Je vous supplie, Ciel, air, vents, monts et plaines,
Taillis, forêts, rivages et fontaines,
Antres, prés, fleurs, dites-le-lui pour moi.

(*Les Amours*)

QUAND VOUS SEREZ BIEN VIEILLE, AU SOIR À LA CHANDELLE

Quand vous serez bien vieille, au soir à la chandelle
Assise auprès du feu, dévidant et filant,
Direz, chantant mes vers, en vous émerveillant :
Ronsard me célébrait du temps que j'étais belle.

Lors vous n'aurez servante oyant telle nouvelle,
Déjà sous le labeur à demi sommeillant,
Qui au bruit de Ronsard ne s'aille réveillant,
Bénissant votre nom de louange immortelle.

Je serai sous la terre et, fantôme sans os,
Par les ombres myrteux je prendrai mon repos.
Vous serez au foyer une vieille accroupie,

Regrettant mon amour et votre fier dédain.
Vivez, si m'en croyez, n'attendez à demain :
Cueillez dès aujourd'hui les roses de la vie.

(*Sonnets pour Hélène,* II, 24)

PHILIPPE DESPORTES
(1546-1606)

C'ÉTAIT UN JOUR D'ÉTÉ

C'était un jour d'été de rayons éclairci,
J'en ai toujours au cœur la souvenance empreinte,
Quand le ciel nous lia d'une si ferme étreinte
Que la mort ne saurait nous séparer d'ainsi.

L'an était en sa force et notre amour aussi,
Nous faisions l'un à l'autre une aimable complainte,
J'étais jaloux de vous, de moi vous aviez crainte,
Mais rien qu'affection ne causait ce souci.

Amours, qui voletiez à l'entour de nos flammes
Comme gais papillons, où sont deux autres âmes
Qui redoutent si peu les efforts envieux ?

Où la foi soit si ferme ? où tant d'amour s'assemble ?
N'ayant qu'un seul vouloir, toujours d'accord ensemble,
Fors qu'ils se font la guerre à qui s'aimera mieux !

(*Diverses Amours,* 1583)

FRANÇOIS DE MALHERBE
(1555-1628)

DESSEIN DE QUITTER UNE DAME QUI NE LE CONTENTAIT QUE DE PROMESSES

Beauté, mon beau souci, de qui l'âme incertaine
A, comme l'Océan, son flux et son reflux,
Pensez de vous résoudre à soulager ma peine
Ou je me vais résoudre à ne le souffrir plus.

Vos yeux ont des appas que j'aime et que je prise
Et qui peuvent beaucoup dessus ma liberté;
Mais pour me retenir, s'ils font cas de ma prise,
Il leur faut de l'Amour autant que de beauté.

Quand je pense être au point que cela s'accomplisse,
Quelque excuse toujours en empêche l'effet:
C'est la toile sans fin de la femme d'Ulysse
Dont l'ouvrage du soir au matin se défait.

Madame, avisez-y, vous perdez votre gloire
De me l'avoir promis et vous rire de moi;
S'il ne vous en souvient, vous manquez de mémoire,
Et s'il vous en souvient, vous n'avez point de foi.

J'avais toujours fait compte, aimant chose si haute,
De ne m'en séparer qu'avecque le trépas;
S'il arrive autrement, ce sera votre faute
De faire des serments et ne les tenir pas.

SONNET

Beaux et grands bâtiments d'éternelle structure,
Superbes de matière et d'ouvrages divers
Où le plus digne roi qui soit en l'univers
Aux miracles de l'art fait céder la nature.

Beau parc, et beaux jardins, qui dans votre clôture
Avez toujours des fleurs et des ombrages verts
Non sans quelque démon qui défend aux hivers
D'en effacer jamais l'agréable peinture.

Lieux qui donnez aux cœurs tant d'aimables désirs,
Bois, fontaines, canaux, si parmi vos plaisirs
Mon humeur est chagrine et mon visage triste,

Ce n'est point qu'en effet vous n'ayez des appas,
Mais quoi que vous ayez, vous n'avez point Caliste
Et moi je ne vois rien quand je ne la vois pas.

SONNET À CALISTE

Il n'est rien de si beau comme Caliste est belle :
c'est une œuvre où Nature a fait tous ses efforts ;
Et notre âge est ingrat qui voit tant de trésors
S'il n'élève à sa gloire une marque éternelle.

La clarté de son teint n'est pas chose mortelle,
Le baume est dans sa bouche, et les roses dehors,
Sa parole et sa voix ressuscitent les morts
Et l'art n'égale point sa douceur naturelle.

La blancheur de sa gorge éblouit les regards,
Amour est en ses yeux, il y trempe ses dards
Et la fait reconnaître un miracle invisible.

En ce nombre infini de grâces et d'appas`
Qu'en dis-tu, ma raison ? crois-tu qu'il soit possible
D'avoir du jugement et ne l'adorer pas ?

VINCENT VOITURE
(1597-1648)

STANCES

Je me meurs tous les jours en adorant Sylvie,
  Mais dans les maux dont je me sens périr,
    Je suis si content de mourir
  Que ce plaisir me redonne la vie.

Quand je songe aux beautés par qui je suis la proie
  De tant d'ennuis qui me vont tourmentant,
    Ma tristesse me rend content
  Et fait en moi les effets de la joie.

Les plus beaux yeux du monde ont jeté dans mon âme
  Le feu divin qui me rend bienheureux;
    Que je vive ou meure pour eux,
  J'aime à brûler d'une si belle flamme.

Que si dans cet état quelque doute m'agite,
  C'est de penser que dans tous mes tourments
    J'ai de si grands contentements
  Que cela seul m'en ôte le mérite.

Ceux qui font en aimant des plaintes éternelles
  Ne doivent pas être bien amoureux,
    Amour rend tous les siens heureux.
  Et dans les maux couronne ses fidèles.

Tandis qu'un feu secret me brûle et me dévore,
  J'ai des plaisirs à qui rien n'est égal,
    Et je vois au fort de mon mal
  Les cieux ouverts dans les yeux que j'adore.

Une divinité de mille attraits pourvue
  Depuis longtemps tient mon cœur en ses fers,
    Mais tous les maux que j'ai soufferts
  N'égalent point le bien de l'avoir vue.

Troisième partie

L'ÂGE D'OR DU CLASSICISME

(du XVIIe au XVIIIe siècle)

PIERRE CORNEILLE
(1606-1684)

STANCES

Marquise, si mon visage
A quelques traits un peu vieux,
Souvenez-vous qu'à mon âge
Vous ne vaudrez guère mieux.

Le temps aux plus belles choses
Se plaît à faire un affront,
Et saura faner vos roses
Comme il a ridé mon front.

Le même cours des planètes
Règle nos jours et nos nuits :
On m'a vu ce que vous êtes,
Vous serez ce que je suis.

Cependant j'ai quelques charmes
Qui sont assez éclatants
Pour n'avoir pas trop d'alarmes
De ces ravages du temps.

Vous en avez qu'on adore ;
Mais ceux que vous méprisez
Pourraient bien durer encore
Quand ceux-là seront usés.

Ils pourront sauver la gloire
des yeux qui me semblent doux
Et dans mille ans faire croire
Ce qu'il me plaira de vous.

Chez cette race nouvelle,
Où j'aurai quelque crédit,
Vous ne passerez pour belle
Qu'autant que je l'aurai dit.

Pensez-y, belle Marquise.
Quoiqu'un grison fasse effroi,
Il vaut bien qu'on le courtise
Quand il est fait comme moi.

(*Recueil de Sercy,* 1660)

JEAN DE LA FONTAINE
(1621-1695)

LE LOUP ET L'AGNEAU

La raison du plus fort est toujours la meilleure :
    Nous l'allons montrer tout à l'heure.
    Un Agneau se désaltérait
    Dans le courant d'une onde pure.
Un Loup survient à jeun qui cherchait aventure,
    Et que la faim en ces lieux attirait.
« Qui te rend si hardi de troubler mon breuvage ?
  Dit cet animal plein de rage :
Tu seras châtié de ta témérité.
  – Sire, répond l'Agneau, que votre Majesté
  Ne se mette pas en colère ;
  Mais plutôt qu'elle considère
  Que je me vas désaltérant
    Dans le courant,
  Plus de vingt pas au-dessous d'Elle,
Et que par conséquent, en aucune façon,
  Je ne puis troubler sa boisson.
– Tu la troubles, reprit cette bête cruelle,
Et je sais que de moi tu médis l'an passé.
– Comment l'aurais-je fait si je n'étais pas né ?
  Reprit l'Agneau ; je tette encor ma mère.
    – Si ce n'est toi, c'est donc ton frère.
  – Je n'en ai point. – C'est donc quelqu'un des tiens :
    Car vous ne m'épargnez guère,
    Vous, vos bergers, et vos chiens.
On me l'a dit : il faut que je me venge. »
  Là-dessus, au fond des forêts
  Le Loup l'emporte, et puis le mange,
  Sans autre forme de procès.

(*Fables,* Livre I, 10)

LE CHÊNE ET LE ROSEAU

Le Chêne un jour dit au Roseau :
« Vous avez bien sujet d'accuser la Nature ;
Un Roitelet pour vous est un pesant fardeau.
Le moindre vent, qui d'aventure
Fait rider la face de l'eau,
Vous oblige à baisser la tête :
Cependant que mon front, au Caucase pareil,
Non content d'arrêter les rayons du soleil,
Brave l'effort de la tempête.
Tout vous est aquilon, tout me semble zéphyr.
Encor si vous naissiez à l'abri du feuillage
Dont je couvre le voisinage,
Vous n'auriez pas tant à souffrir :
Je vous défendrais de l'orage ;
Mais vous naissez le plus souvent
Sur les humides bords des Royaumes du vent.
La nature envers vous me semble bien injuste.
– Votre compassion, lui répondit l'arbuste,
Part d'un bon naturel ; mais quittez ce souci.
Les vents me sont moins qu'à vous redoutables.
Je plie, et ne romps pas. Vous avez jusqu'ici
Contre leurs coups épouvantables
Résisté sans courber le dos ;
Mais attendons la fin. » Comme il disait ces mots,
Du bout de l'horizon accourt avec furie
Le plus terrible des enfants
Que le Nord eût portés jusque-là dans ses flancs.
L'Arbre tient bon ; le Roseau plie.
Le vent redouble ses efforts,
Et fait si bien qu'il déracine
Celui de qui la tête au ciel était voisine
Et dont les pieds touchaient à l'Empire des Morts.

(*Fables,* Livre I, 22)

La perte d'un époux ne va point sans soupirs.
On fait beaucoup de bruit, et puis on se console.
Sur les ailes du Temps la tristesse s'envole;
Le Temps ramène les plaisirs.
Entre la Veuve d'une année
Et la veuve d'une journée
La différence est grande: on ne croirait jamais
Que ce fût la même personne.
L'une fait fuir les gens, et l'autre a mille attraits.
Aux soupirs vrais ou faux celle-là s'abandonne;
C'est toujours même note et pareil entretien:
On dit qu'on est inconsolable;
On le dit, mais il n'en est rien,
Comme on verra par cette fable,
Ou plutôt par la vérité.
L'époux d'une jeune beauté
Partait pour l'autre monde. À ses côtés sa femme
Lui criait: « Attends-moi, je te suis; et mon âme,
Aussi bien que la tienne, est prête à s'envoler. »
Le mari fait seul le voyage.
La belle avait un père, homme prudent et sage:
Il laissa le torrent couler.
À la fin, pour la consoler,
« Ma fille, lui dit-il, c'est trop verser de larmes:
Qu'a besoin le défunt que vous noyiez vos charmes?
Puisqu'il est des vivants, ne songez plus aux morts.
Je ne dis pas que tout à l'heure
Une condition meilleure
Change en des noces ces transports;
Mais, après certain temps, souffrez qu'on vous propose
Un époux beau, bien fait, jeune, et tout autre chose
Que le défunt. – Ah! dit-elle aussitôt,
Un cloître est l'époux qu'il me faut.
Le père lui laissa digérer sa disgrâce.
Un mois de la sorte se passe.
L'autre mois on l'emploie à changer tous les jours
Quelque chose à l'habit, au linge, à la coiffure.
Le deuil enfin sert de parure,
En attendant d'autres atours.
Toute la bande des amours
Revient au colombier: les jeux, les ris, la danse,
Ont aussi leur tour à la fin.

On se plonge soir et matin
Dans la fontaine de Jouvence.
Le père ne craint plus ce défunt tant chéri ;
Mais comme il ne parlait de rien à notre belle :
« Où donc est le jeune mari
Que vous m'avez promis ? » dit-elle.

(*Fables,* Livre VI, 21)

VOLTAIRE
(1694-1778)

STANCES À MADAME DU CHÂTELET

Si vous voulez que j'aime encore,
Rendez-moi l'âge des amours ;
Au crépuscule de mes jours
Rejoignez, s'il se peut, l'aurore.

Des beaux lieux où le dieu du vin
Avec l'Amour tient son empire,
Le Temps, qui me prend par la main,
M'avertit que je me retire.

De son inflexible rigueur
Tirons au moins quelque avantage.
Qui n'a pas l'esprit de son âge
De son âge a tout le malheur.

Laissons à la belle jeunesse
Ses folâtres emportements :
Nous ne vivons que deux moments ;
Qu'il en soit un pour la sagesse.

Quoi ! pour toujours vous me fuyez,
Tendresse, illusion, folie,
Dons du ciel, qui me consoliez
Des amertumes de la vie !

On meurt deux fois, je le vois bien :
Cesser d'aimer et d'être aimable,
C'est une mort insupportable ;
Cesser de vivre, ce n'est rien.

Ainsi je déplorais la perte
Des erreurs de mes premiers ans ;
Et mon âme, aux désirs ouverte,
Regrettait ses égarements.

Du ciel alors daignant descendre,
L'Amitié vint à mon secours ;

Elle était peut-être aussi tendre,
Mais moins vive que les amours.

Touché de sa beauté nouvelle,
Et de sa lumière éclairé,
Je la suivis ; mais je pleurai
De ne pouvoir plus suivre qu'elle.

PHILIPPE FABRE D'ÉGLANTINE
(1750-1794)

L'HOSPITALITÉ

Il pleut, il pleut, bergère,
Presse tes blancs moutons,
Allons sous ma chaumière,
Bergère vite, allons.
J'entends sur le feuillage,
L'eau qui tombe à grand bruit,
Voici venir l'orage,
Voilà l'éclair qui luit.

Entends-tu le tonnerre ?
Il roule en approchant
Prends un abri, bergère,
À ma droite en marchant.
Je vois notre cabane.
Et tiens, voici venir
Ma mère et ma sœur Anne
Qui vont l'étable ouvrir.

Bonsoir, bonsoir, ma mère,
Ma sœur Anne, bonsoir,
J'amène ma bergère
Près de vous pour ce soir.
Va te sécher, ma mie,
Auprès de nos tisons,
Sœur, fais-lui compagnie,
Entrez petits moutons.

Soignons bien, ô ma mère,
Son tant joli troupeau,
Donnez plus de litière
À son petit agneau.
C'est fait. Allons près d'elle,
Eh bien ! donc te voilà !
En corset qu'elle est belle !
Ma mère, voyez-la.

Soupons, prends cette chaise,
Tu seras près de moi,
Ce flambeau de mélèze
Brûlera devant toi.
Goûte de ce laitage.
Mais tu ne manges pas ?
Tu te sens de l'orage ;
Il a lassé tes pas.

Eh bien, voilà ta couche ;
Dors-y jusques au jour ;
Laisse-moi sur ta bouche
Prendre un baiser d'amour
Ne rougis pas, bergère :
Ma mère et moi, demain,
Nous irons chez ton père
Lui demander ta main.

JEAN-PIERRE CLARIS DE FLORIAN
(1755-1794)

PLAISIR D'AMOUR

Plaisir d'amour ne dure qu'un moment,
Chagrin d'amour dure toute la vie.
J'ai tout quitté pour l'ingrate Sylvie.
Elle me quitte et prend un autre amant.

Plaisir d'amour ne dure qu'un moment,
Chagrin d'amour dure toute la vie.

Tant que cette eau coulera doucement
Vers ce ruisseau qui borde la prairie,
Je t'aimerai, me répétait Sylvie,
L'eau coule encore, elle a changé pourtant.

Plaisir d'amour ne dure qu'un moment,
Chagrin d'amour dure toute la vie.

ANDRÉ CHÉNIER
(1762-1794)

LA JEUNE TARENTINE

Pleurez, doux alcyons, ô vous, oiseaux sacrés,
Oiseaux chers à Thétis, doux alcyons, pleurez.
Elle a vécu, Myrto, la jeune Tarentine.
Un vaisseau la portait aux bords de Camarine.
Là l'hymen, les chansons, les flûtes, lentement,
Devaient la reconduire au seuil de son amant.
Une clef vigilante a pour cette journée
Dans le cèdre enfermé sa robe d'hyménée
Et l'or dont au festin ses bras seraient parés
Et pour ses blonds cheveux les parfums préparés.
Mais, seule sur la proue, invoquant les étoiles,
Le vent impétueux qui soufflait dans les voiles
L'enveloppe. Étonnée, et loin des matelots,
Elle crie, elle tombe, elle est au sein des flots.

Elle est au sein des flots, la jeune Tarentine.
Son beau corps a roulé sous la vague marine.
Thétis, les yeux en pleurs, dans le creux d'un rocher
Aux monstres dévorants eut soin de la cacher.
Par ses ordres bientôt les belles Néréides
L'élèvent au-dessus des demeures humides,
Le portent au rivage, et dans ce monument
L'ont, au cap du Zéphir, déposé mollement.
Puis de loin à grands cris appelant leurs compagnes,
Et les Nymphes des bois, des sources, des montagnes,
Toutes frappant leur sein et traînant un long deuil,
Répétèrent : « Hélas ! » autour de son cercueil.

Hélas ! chez ton amant tu n'es point ramenée.
Tu n'as point revêtu ta robe d'hyménée.
L'or autour de tes bras n'a point serré de nœuds.
Les doux parfums n'ont point coulé sur tes cheveux.

(*Bucoliques,* XIII, 1785)

MARCELINE DESBORDES-VALMORE
(1786-1859)

LES ROSES DE SAADI

J'ai voulu ce matin te rapporter des roses;
Mais j'en avais tant pris dans mes ceintures closes
Que les nœuds trop serrés n'ont pu les contenir.

Les nœuds ont éclaté. Les roses envolées
Dans le vent, à la mer s'en sont toutes allées.
Elles ont suivi l'eau pour ne plus revenir;

La vague en a paru rouge et comme enflammée.
Ce soir, ma robe encore en est tout embaumée...
Respires-en sur moi l'odorant souvenir.

(*Poésies inédites*)

Quatrième partie

Les élans du cœur et de l'âme

Le romantisme, le Parnasse
(du XVIIIe au XIXe siècle)

ALPHONSE DE LAMARTINE
(1790-1869)

LE LAC

Ainsi, toujours poussés vers de nouveaux rivages.
Dans la nuit éternelle emportés sans retour,
Ne pourrons-nous jamais sur l'océan des âges
    Jeter l'ancre un seul jour ?

Ô lac ! l'année à peine a fini sa carrière,
Et près des flots chéris qu'elle devait revoir,
Regarde ! je viens seul m'asseoir sur cette pierre
    Où tu la vis s'asseoir !

Tu mugissais ainsi sous ces roches profondes,
Ainsi tu te brisais sur leurs flancs déchirés,
Ainsi le vent jetait l'écume de tes ondes
    Sur ses pieds adorés.

Un soir, t'en souvient-il ? nous voguions en silence ;
On n'entendait au loin, sur l'onde et sous les cieux,
Que le bruit des rameurs qui frappaient en cadence
    Tes flots harmonieux.

Tout à coup des accents inconnus à la terre
Du rivage charmé frappèrent les échos ;
Le flot fut attentif, et la voix qui m'est chère
    Laissa tomber ces mots :

« Ô temps, suspends ton vol ! et vous, heures propices,
    Suspendez votre cours :
Laissez-nous savourer les rapides délices
    Des plus beaux de nos jours !

« Assez de malheureux ici-bas vous implorent,
    Coulez, coulez pour eux ;
Prenez avec leurs jours les soins qui les dévorent,
    Oubliez les heureux.

« Mais je demande en vain quelques moments encore,
    Le temps m'échappe et fuit ;

Je dis à cette nuit : Sois plus lente ; et l'aurore
Va dissiper la nuit.

« Aimons donc, aimons donc ! de l'heure fugitive,
Hâtons-nous, jouissons !
L'homme n'a point de port, le temps n'a point de rive ;
Il coule, et nous passons ! »

Temps jaloux, se peut-il que ces moments d'ivresse,
Où l'amour à longs flots nous verse le bonheur,
S'envolent loin de nous de la même vitesse
Que les jours de malheur ?

Hé quoi ! n'en pourrons-nous fixer au moins la trace ?
Quoi ! passés pour jamais ? quoi ! tout entiers perdus !
Ce temps qui les donna, ce temps qui les efface,
Ne nous les rendra plus !

Éternité, néant, passé, sombres abîmes,
Que faites-vous des jours que vous engloutissez ?
Parlez : nous rendrez-vous ces extases sublimes
Que vous nous ravissez ?

Ô lac ! rochers muets ! grottes ! forêt obscure !
Vous que le temps épargne ou qu'il peut rajeunir,
Gardez de cette nuit, gardez, belle nature,
Au moins le souvenir !

Qu'il soit dans ton repos, qu'il soit dans tes orages,
Beau lac, et dans l'aspect de tes riants coteaux,
Et dans ces noirs sapins, et dans ces rocs sauvages
Qui pendent sur tes eaux.

Qu'il soit dans le zéphyr qui frémit et qui passe,
Dans les bruits de tes bords par tes bords répétés,
Dans l'astre au front d'argent qui blanchit ta surface
De ses molles clartés.

Que le vent qui gémit, le roseau qui soupire,
Que les parfums légers de ton air embaumé,
Que tout ce qu'on entend, l'on voit ou l'on respire,
Tout dise : Ils ont aimé !

(*Méditations poétiques,* 1820)

L'AUTOMNE

Salut ! bois couronnés d'un reste de verdure !
Feuillages jaunissants sur les gazons épars !
Salut, derniers beaux jours ! Le deuil de la nature
Convient à la douleur et plaît à mes regards !

Je suis d'un pas rêveur le sentier solitaire,
J'aime à revoir encor, pour la dernière fois,
Ce soleil pâlissant, dont la faible lumière
Perce à peine à mes pieds l'obscurité des bois !

Oui, dans ces jours d'automne où la nature expire,
À ses regards voilés, je trouve plus d'attraits,
C'est l'adieu d'un ami, c'est le dernier sourire
Des lèvres que la mort va fermer pour jamais !

Ainsi, prêt à quitter l'horizon de la vie,
Pleurant de mes longs jours l'espoir évanoui,
Je me retourne encor, et d'un regard d'envie
Je contemple ses biens dont je n'ai pas joui !

Terre, soleil, vallons, belle et douce nature,
Je vous dois une larme aux bords de mon tombeau ;
L'air est si parfumé ! la lumière est si pure !
Aux regards d'un mourant le soleil est si beau !

Je voudrais maintenant vider jusqu'à la lie
Ce calice mêlé de nectar et de fiel !
Au fond de cette coupe où je buvais la vie,
Peut-être restait-il une goutte de miel ?

Peut-être l'avenir me gardait-il encor
Un retour de bonheur dont l'espoir est perdu ?
Peut-être dans la foule, une âme que j'ignore
Aurait compris mon âme, et m'aurait répondu ?...

La fleur tombe en livrant ses parfums au zéphire ;
À la vie, au soleil, ce sont là ses adieux ;
Moi, je meurs ; et mon âme, au moment qu'elle expire,
S'exhale comme un son triste et mélodieux.

(*Méditations poétiques*)

MILLY OU LA TERRE NATALE

(*Fragment*)

Pourquoi le prononcer, ce nom de la patrie ?
Dans son brillant exil mon cœur en a frémi ;
Il résonne de loin dans mon âme attendrie,
Comme les pas connus ou la voix d'un ami.

Montagnes que voilait le brouillard de l'automne,
Vallons que tapissait le givre du matin,
Saules dont l'émondeur effeuillait la couronne,
Vieilles tours que le soir dorait dans le lointain,

Murs noircis par les ans, coteaux, sentier rapide,
Fontaine où les pasteurs accroupis tour à tour
Attendaient goutte à goutte une eau rare et limpide,
Et, leur urne à la main, s'entretenaient du jour,

Chaumière où du foyer étincelait la flamme,
Toit que le pèlerin aimait à voir fumer,
Objets inanimés, avez-vous donc une âme
Qui s'attache à notre âme et la force d'aimer ?

(*Harmonies poétiques et religieuses,* 1830)

ALFRED DE VIGNY
(1797-1863)

LA MORT DU LOUP

I

Les nuages couraient sur la lune enflammée
Comme sur l'incendie on voit fuir la fumée,
Et les bois étaient noirs jusques à l'horizon.
– Nous marchions sans parler, dans l'humide gazon,
Dans la bruyère épaisse et dans les hautes brandes,
Lorsque, sous des sapins pareils à ceux des landes,
Nous avons aperçu les grands ongles marqués
Par les loups voyageurs que nous avions traqués.
Nous avons écouté, retenant notre haleine
Et le pas suspendu. – Ni le bois, ni la plaine
Ne poussait un soupir dans les airs; seulement
La girouette en deuil criait au firmament,
Car le vent, élevé bien au-dessus des terres,
N'effleurait de ses pieds que les tours solitaires,
Et les chênes d'en-bas, contre les rocs penchés,
Sur leurs coudes semblaient endormis et couchés.
– Rien ne bruissait donc, lorsque baissant la tête
Le plus vieux des chasseurs qui s'étaient mis en quête
A regardé le sable, attendant, à genoux,
Qu'une étoile jetât quelque lueur sur nous;
Puis, tout bas, a juré que ces marques récentes
Annonçaient la démarche et les griffes puissantes
De deux grands loups-cerviers et de deux louveteaux.
Nous avons tous alors préparé nos couteaux
Et, cachant nos fusils et leurs lueurs trop blanches,
Nous allions pas à pas en écartant les branches.
Trois s'arrêtent, et moi, cherchant ce qu'ils voyaient,
J'aperçois tout à coup deux yeux qui flamboyaient,
Et je vois au-delà quatre formes légères
Qui dansaient sous la lune au milieu des bruyères,
Comme font chaque jour, à grand bruit sous nos yeux,
Quand le maître revient, les lévriers joyeux.
Leur forme était semblable et semblable la danse;
Mais les enfants du Loup se jouaient en silence,
Sachant bien qu'à deux pas, ne dormant qu'à demi,

Se couche dans ses murs l'homme, leur ennemi.
Le père était debout, et plus loin, contre un arbre,
Sa Louve reposait comme celle de marbre
Qu'adoraient les Romains, et dont les flancs velus
Couvaient les demi-dieux Rémus et Romulus.
– Le Loup vient et s'assied, les deux jambes dressées,
Par leurs ongles crochus dans le sable enfoncées.
Il s'est jugé perdu, puisqu'il était surpris,
Sa retraite coupée et tous ses chemins pris ;
Alors il a saisi, dans sa gueule brûlante,
Du chien le plus hardi la gorge pantelante
Et n'a pas desserré ses mâchoires de fer,
Malgré nos coups de feu, qui traversaient sa chair,
Et nos couteaux aigus qui, comme des tenailles,
Se croisaient en plongeant dans ses larges entrailles,
Jusqu'au dernier moment où le chien étranglé,
Mort longtemps avant lui, sous ses pieds a roulé.
Le Loup le quitte alors et puis il nous regarde.
Les couteaux lui restaient au flanc jusqu'à la garde,
Le clouaient au gazon tout baigné dans son sang ;
Nos fusils l'entouraient en sinistre croissant.
Il nous regarde encore, ensuite il se recouche
Tout en léchant le sang répandu sur sa bouche,
Et, sans daigner savoir comment il a péri,
Refermant ses grands yeux, meurt sans jeter un cri.

II

J'ai reposé mon front sur mon fusil sans poudre,
Me prenant à penser, et n'ai pu me résoudre
À poursuivre sa Louve et ses fils qui, tous trois,
Avaient voulu l'attendre, et, comme je le crois,
Sans ses deux louveteaux, la belle et sombre veuve
Ne l'eût pas laissé seul subir la grande épreuve ;
Mais son devoir était de les sauver, afin
De pouvoir leur apprendre à bien souffrir la faim,
À ne jamais entrer dans le pacte des villes,
Que l'homme a fait avec les animaux serviles
Qui chassent devant lui, pour avoir le coucher,
Les premiers possesseurs du bois et du rocher.

III

Hélas ! ai-je pensé, malgré ce grand nom d'Hommes,
Que j'ai honte de nous, débiles que nous sommes !

Comment on doit quitter la vie et tous ses maux,
C'est vous qui le savez sublimes animaux !
À voir ce que l'on fut sur terre et ce qu'on laisse,
Seul le silence est grand ; tout le reste est faiblesse.
– Ah ! je t'ai bien compris, sauvage voyageur,
Et ton dernier regard m'est allé jusqu'au cœur !
Il disait : « Si tu peux, fais que ton âme arrive,
À force de rester studieuse et pensive,
Jusqu'à ce haut degré de stoïque fierté
Où, naissant dans les bois, j'ai tout d'abord monté.
Gémir, pleurer, prier est également lâche.
– Fais énergiquement ta longue et lourde tâche
Dans la voie où le Sort a voulu t'appeler,
Puis, après, comme moi, souffre et meurs sans parler. »

(*Les Destinées,* 1843)

VICTOR HUGO
(1802-1885)

Le toit s'égaie et rit
André Chénier

OH ! N'INSULTEZ JAMAIS

Oh ! n'insultez jamais une femme qui tombe !
Qui sait sous quel fardeau la pauvre âme succombe !
Qui sait combien de jours sa faim a combattu !
Quand le vent du malheur ébranlait leur vertu,
Qui de nous n'a pas vu de ces femmes brisées
S'y cramponner longtemps de leurs mains épuisées !
Comme au bout d'une branche on voit étinceler
Une goutte de pluie où le ciel vient briller,
Qu'on secoue avec l'arbre et qui tremble et qui lutte,
Perle avant de tomber et fange après sa chute !

La faute en est à nous ; à toi, riche ! à ton or !
Cette fange d'ailleurs contient l'eau pure encor.
Pour que la goutte d'eau sorte de la poussière,
Et redevienne perle en sa splendeur première,
Il suffit, c'est ainsi que tout remonte au jour,
D'un rayon de soleil ou d'un rayon d'amour !

(*Les Chants du crépuscule*, XIV, 1835)

AUJOURD'HUI

Elle avait pris ce pli dans son âge enfantin
De venir dans ma chambre un peu chaque matin ;
Je l'attendais ainsi qu'un rayon qu'on espère ;
Elle entrait, et disait : « Bonjour, mon petit père » ;
Prenait ma plume, ouvrait mes livres, s'asseyait
Sur mon lit, dérangeait mes papiers, et riait,
Puis soudain s'en allait comme un oiseau qui passe.
Alors, je reprenais, la tête un peu moins lasse,
Mon œuvre interrompue, et, tout en écrivant,
Parmi mes manuscrits je rencontrais souvent
Quelque arabesque folle et qu'elle avait tracée,
Et mainte page blanche entre ses mains froissée
Où, je ne sais comment, venaient mes plus doux vers.
Elle aimait Dieu, les fleurs, les astres, les prés verts,
Et c'était un esprit avant d'être une femme.
Son regard reflétait la clarté de son âme.
Elle me consultait sur tout à tous moments.
Oh ! que de soirs d'hiver radieux et charmants
Passés à raisonner langue, histoire et grammaire,
Mes quatre enfants groupés sur mes genoux, leur mère
Tout près, quelques amis causant au coin du feu !
J'appelais cette vie être content de peu !
Et dire qu'elle est morte ! Hélas ! que Dieu m'assiste !
Je n'étais jamais gai quand je la sentais triste ;
J'étais morne au milieu du bal le plus joyeux
Si j'avais, en partant, vu quelque ombre en ses yeux.

(*Les Contemplations,* 1846)

DEMAIN, DÈS L'AUBE

Demain, dès l'aube, à l'heure où blanchit la campagne,
Je partirai. Vois-tu, je sais que tu m'attends.
J'irai par la forêt, j'irai par la montagne.
Je ne puis demeurer loin de toi plus longtemps.

Je marcherai les yeux fixés sur mes pensées,
Sans rien voir au-dehors, sans entendre aucun bruit,
Seul, inconnu, le dos courbé, les mains croisées,
Triste, et le jour pour moi sera comme la nuit.

Je ne regarderai ni l'or du soir qui tombe,
Ni les voiles au loin descendant vers Harfleur,
Et quand j'arriverai, je mettrai sur ta tombe
Un bouquet de houx vert et de bruyère en fleur.

(*Les Contemplations*, XIV, 1847)

FÉLIX ARVERS
(1806-1850)

SONNET

Mon âme a son secret, ma vie a son mystère,
Un amour éternel en un moment conçu :
Le mal est sans espoir, aussi j'ai dû le taire,
Et celle qui l'a fait n'en a jamais rien su.

Hélas ! j'aurai passé près d'elle inaperçu,
Toujours à ses côtés et pourtant solitaire ;
Et j'aurai jusqu'au bout fait mon temps sur la terre,
N'osant rien demander et n'ayant rien reçu.

Pour elle, quoique Dieu l'ait faite douce et tendre,
Elle suit son chemin, distraite et sans entendre
Ce murmure d'amour élevé sur ses pas.

À l'austère devoir pieusement fidèle,
Elle dira, lisant ces vers tout remplis d'elle :
« Quelle est donc cette femme ? » et ne comprendra pas.

(*Mes heures perdues*)

GÉRARD DE NERVAL
(1808-1855)

UNE ALLÉE DU LUXEMBOURG

Elle a passé, la jeune fille,
Vive et preste comme un oiseau :
À la main une fleur qui brille,
À la bouche un refrain nouveau.

C'est peut-être la seule au monde
Dont le cœur au mien répondrait,
Qui venant dans ma nuit profonde
D'un seul regard l'éclaircirait !

Mais non, ma jeunesse est finie...
Adieu, doux rayon qui m'as lui, –
Parfum, jeune fille, harmonie...
Le bonheur passait, – il a fui !

(*Odelettes*)

Eh quoi ! tout est sensible !
PYTHAGORE

VERS DORÉS

Homme ! libre penseur – te crois-tu seul pensant
Dans ce monde où la vie éclate en toute chose :
Des forces que tu tiens ta liberté dispose,
Mais de tous tes conseils l'Univers est absent.

Respecte dans la bête un esprit agissant...
Chaque fleur est une âme à la Nature éclose ;
Un mystère d'amour dans le métal repose :
Tout est sensible ! – Et tout sur ton être est puissant.

Crains dans le mur aveugle un regard qui t'épie :
À la matière même un verbe est attaché...
Ne la fais pas servir à quelque usage impie.

Souvent dans l'être obscur habite un Dieu caché ;
Et comme un œil naissant couvert par ses paupières
Un pur esprit s'accroît sous l'écorce des pierres.

(*Les Chimères,* 1854)

EL DESDICHADO

Je suis le Ténébreux, – le Veuf, – l'Inconsolé,
Le Prince d'Aquitaine à la Tour abolie :
Ma seule *Étoile* est morte, – et mon luth constellé
Porte le *Soleil noir* de la *Mélancolie*.

Dans la nuit du Tombeau, Toi qui m'as consolé,
Rends-moi le Pausilippe et la mer d'Italie,
La *fleur* qui plaisait tant à mon cœur désolé,
Et la treille où le Pampre à la Rose s'allie.

Suis-je Amour ou Phœbus ?... Lusignan ou Biron ?
Mon front est rouge encor du baiser de la Reine ;
J'ai rêvé dans la Grotte où nage la sirène...

Et j'ai deux fois vainqueur traversé l'Achéron :
Modulant tour à tour sur la lyre d'Orphée
Les soupirs de la Sainte et les cris de la Fée.

(*Les Chimères*)

ALFRED DE MUSSET
(1810-1857)

CHANSON DE FORTUNIO

Si vous croyez que je vais dire
  Qui j'ose aimer,
Je ne saurais, pour un empire,
  Vous la nommer.

Nous allons chanter à la ronde,
  Si vous voulez,
Que je l'adore et qu'elle est blonde
  Comme les blés.

Je fais ce que sa fantaisie
  Veut m'ordonner,
Et je puis, s'il lui faut ma vie,
  La lui donner.

Du mal qu'une amour ignorée
  Nous fait souffrir,
J'en porte l'âme déchirée
  Jusqu'à mourir.

Mais j'aime trop pour que je dise
  Qui j'ose aimer,
Et je veux mourir pour ma mie
  Sans la nommer.

(*Poésies nouvelles*, 1836)

TRISTESSE

J'ai perdu ma force et ma vie,
Et mes amis et ma gaieté ;
J'ai perdu jusqu'à la fierté
Qui faisait croire à mon génie.

Quand j'ai connu la Vérité,
J'ai cru que c'était une amie ;
Quand je l'ai comprise et sentie,
J'en étais déjà dégoûté.

Et pourtant elle est éternelle,
Et ceux qui se sont passés d'elle
Ici-bas ont tout ignoré.

Dieu parle, il faut qu'on lui réponde.
Le seul bien qui me reste au monde
Est d'avoir quelquefois pleuré.

(*Poésies nouvelles*, 1840)

THÉOPHILE GAUTIER
(1811-1872)

SONNET

Pour veiner de son front la pâleur délicate,
Le Japon a donné son plus limpide azur ;
La blanche porcelaine est d'un blanc bien moins pur
Que son col transparent et ses tempes d'agate.

Dans sa prunelle humide un doux rayon éclate ;
Le chant du rossignol près de sa voix est dur,
Et, quand elle se lève à notre ciel obscur,
On dirait de la lune en sa robe d'ouate.

Ses yeux d'argent bruni roulent moelleusement.
Le caprice a taillé son petit nez charmant ;
Sa bouche a des rougeurs de pêche et de framboise ;

Ses mouvements sont pleins d'une grâce chinoise,
Et près d'elle on respire autour de sa beauté
Quelque chose de doux comme l'odeur du thé.

(*La Comédie de la Mort,* 1838)

LA ROSE-THÉ

La plus délicate des roses
Est, à coup sûr, la rose-thé.
Son bouton aux feuilles mi-closes
De carmin à peine est teinté.

On dirait une rose blanche
Qu'aurait fait rougir de pudeur,
En la lutinant sur la branche,
Un papillon trop plein d'ardeur.

Son tissu rose et diaphane
De la chair a le velouté ;
Auprès, tout incarnat se fane
Ou prend de la vulgarité.

Comme un teint aristocratique
Noircit les fronts bruns de soleil,
De ses sœurs elle rend rustique
Le coloris chaud et vermeil.

Mais, si votre main qui s'en joue,
À quelque bal, pour son parfum,
La rapproche de votre joue,
Son frais éclat devient commun.

Il n'est pas de rose assez tendre
Sur la palette du printemps,
Madame, pour oser prétendre
Lutter contre vos dix-sept ans.

La peau vaut mieux que le pétale,
Et le sang pur d'un noble cœur
Qui sur la jeunesse s'étale
De tous les roses est vainqueur !

(*Émaux et Camées*)

CHARLES LECONTE DE LISLE
(1818-1894)

LE SOMMEIL DU CONDOR

Par-delà l'escalier des roides Cordillères,
Par-delà les brouillards hantés des aigles noirs,
Plus haut que les sommets creusés en entonnoirs
Où bout le flux sanglant des laves familières,
L'envergure pendante et rouge par endroits,
Le vaste Oiseau, tout plein d'une morne indolence,
Regarde l'Amérique et l'espace en silence,
Et le sombre soleil qui meurt dans ses yeux froids.
La nuit roule de l'est, où les pampas sauvages
Sous les monts étagés s'élargissent sans fin;
Elle endort le Chili, les villes, les rivages,
Et la mer Pacifique, et l'horizon divin;
Du continent muet elle s'est emparée:
Des sables aux coteaux, des gorges aux versants,
De cime en cime, elle enfle, en tourbillons croissants,
Le lourd débordement de sa haute marée.
Lui, comme un spectre, seul, au front du pic altier,
Baigné d'une lueur qui saigne sur la neige,
Il attend cette mer sinistre qui l'assiège:
Elle arrive, déferle, et le couvre en entier.
Dans l'abîme sans fond la Croix australe allume
Sur les côtes du ciel son phare constellé.
Il râle de plaisir, il agite sa plume,
Il érige son cou musculeux et pelé,
Il s'enlève en fouettant l'âpre neige des Andes,
Dans un cri rauque il monte où n'atteint pas le vent,
Et, loin du globe noir, loin de l'astre vivant,
Il dort dans l'air glacé, les ailes toutes grandes.

(*Poèmes barbares*, 1862)

LES ROSES D'ISPAHAN

Les roses d'Ispahan dans leur gaine de mousse,
Les jasmins de Mossoul, les fleurs de l'oranger
Ont un parfum moins frais, ont une odeur moins douce,
Ô blanche Leïlah ! que ton souffle léger.

Ta lèvre est de corail, et ton rire léger
Sonne mieux que l'eau vive et d'une voix plus douce,
Mieux que le vent joyeux qui berce l'oranger,
Mieux que l'oiseau qui chante au bord du nid de mousse...

Mais la subtile odeur des roses dans leur mousse,
La brise qui se joue autour de l'oranger
Et l'eau vive qui flue avec sa plainte douce
Ont un charme plus sûr que ton amour léger !

Ô Leïlah ! depuis que de leur vol léger
Tous les baisers ont fui de ta lèvre si douce,
Il n'est plus de parfum dans le pâle oranger,
Plus de céleste arome aux roses dans leur mousse...

L'oiseau, sur le duvet humide et sur la mousse,
Ne chante plus parmi la rose et l'oranger,
L'eau vive des jardins n'a plus de chanson douce,
L'aube ne dore plus le ciel pur et léger.

Oh ! que ton jeune amour, ce papillon léger,
Revienne vers mon cœur d'une aile prompte et douce,
Et qu'il parfume encor les fleurs de l'oranger,
Les roses d'Ispahan dans leur gaine de mousse !

(*Poèmes tragiques,* 1864)

Cinquième partie

LA FORÊT DE SYMBOLES ET LA FANTAISIE

Le symbolisme, les premiers modernes, les fantaisistes (du XIXe au XXe siècle)

CHARLES BAUDELAIRE
(1821-1867)

L'ALBATROS

Souvent, pour s'amuser, les hommes d'équipage
Prennent des albatros, vastes oiseaux des mers,
Qui suivent, indolents compagnons de voyage,
Le navire glissant sur les gouffres amers.

À peine les ont-ils déposés sur les planches,
Que ces rois de l'azur, maladroits et honteux,
Laissent piteusement leurs grandes ailes blanches
Comme des avirons traîner à côté d'eux.

Ce voyageur ailé, comme il est gauche et veule !
Lui, naguère si beau, qu'il est comique et laid !
L'un agace son bec avec un brûle-gueule,
L'autre mime, en boitant, l'infirme qui volait !

Le Poète est semblable au prince des nuées
Qui hante la tempête et se rit de l'archer ;
Exilé sur le sol au milieu des huées,
Ses ailes de géant l'empêchent de marcher.

(*Les Fleurs du Mal,* 1857)

LA VIE ANTÉRIEURE

J'ai longtemps habité sous de vastes portiques
Que les soleils marins teignaient de mille feux,
Et que leurs grands piliers, droits et majestueux,
Rendaient pareils, le soir, aux grottes basaltiques,

Les houles, en roulant les images des cieux,
Mêlaient d'une façon solennelle et mystique
Les tout-puissants accords de leur riche musique
Aux couleurs du couchant reflété par mes yeux.

C'est là que j'ai vécu dans les voluptés calmes,
Au milieu de l'azur, des vagues, des splendeurs
Et des esclaves nus, tout imprégnés d'odeurs,

Qui me rafraîchissaient le front avec des palmes,
Et dont l'unique soin était d'approfondir
Le secret douloureux qui me faisait languir.

(*Les Fleurs du Mal*)

LA BEAUTÉ

Je suis belle, ô mortels ! comme un rêve de pierre,
Et mon sein, où chacun s'est meurtri tour à tour,
Est fait pour inspirer au poète un amour
    Éternel et muet ainsi que la matière.

Je trône dans l'azur comme un sphinx incompris ;
J'unis un cœur de neige à la blancheur des cygnes ;
Je hais le mouvement qui déplace les lignes,
    Et jamais je ne pleure et jamais je ne ris.

Les poètes, devant mes grandes attitudes,
Que j'ai l'air d'emprunter aux plus fiers monuments,
    Consumeront leurs jours en d'austères études ;

Car j'ai, pour fasciner ces dociles amants,
De purs miroirs qui font toutes choses plus belles :
    Mes yeux, mes larges yeux aux clartés éternelles !

(*Les Fleurs du Mal*)

SPLEEN

Quand le ciel bas et lourd pèse comme un couvercle
Sur l'esprit gémissant en proie aux longs ennuis,
Et que de l'horizon embrassant tout le cercle
Il nous verse un jour noir plus triste que les nuits ;

Quand la terre est changée en un cachot humide,
Où l'espérance, comme une chauve-souris,
S'en va battant les murs de son aile timide
Et se cognant la tête à des plafonds pourris ;

Quand la pluie étalant ses immenses traînées
D'une vaste prison imite les barreaux,
Et qu'un peuple muet d'infâmes araignées
Vient tendre ses filets au fond de nos cerveaux,

Des cloches tout à coup sautent avec furie
Et lancent vers le ciel un affreux hurlement,
Ainsi que des esprits errants et sans patrie
Qui se mettent à geindre opiniâtrement.

– Et de longs corbillards, sans tambours ni musique,
Défilent lentement dans mon âme ; l'Espoir,
Vaincu, pleure, et l'Angoisse atroce, despotique,
Sur mon crâne incliné plante son drapeau noir.

(*Les Fleurs du Mal*)

SULLY PRUDHOMME
(1839-1907)

LE VASE BRISÉ

Le vase où meurt cette verveine
D'un coup d'éventail fut fêlé ;
Le coup dut l'effleurer à peine :
Aucun bruit ne l'a révélé.

Mais la légère meurtrissure,
Mordant le cristal chaque jour,
D'une marche invisible et sûre,
En a fait lentement le tour.

Son eau fraîche a fui goutte à goutte,
Le suc des fleurs s'est épuisé ;
Personne encore ne s'en doute,
N'y touchez pas, il est brisé.

Souvent aussi la main qu'on aime,
Effleurant le cœur, le meurtrit ;
Puis le cœur se fend de lui-même,
La fleur de son amour périt ;

Toujours intact aux yeux du monde,
Il sent croître et pleurer tout bas
Sa blessure fine et profonde ;
Il est brisé, n'y touchez pas.

(*Stances et poèmes,* 1865-1866)

STÉPHANE MALLARMÉ
(1842-1898)

RENOUVEAU

Le printemps maladif a chassé tristement
L'hiver, saison de l'art serein, l'hiver lucide,
Et, dans mon être à qui le sang morne préside
L'impuissance s'étire en un long bâillement.

Des crépuscules blancs tiédissent sous mon crâne
Qu'un cercle de fer serre ainsi qu'un vieux tombeau
Et triste, j'erre après un rêve vague et beau,
Par les champs où la sève immense se pavane.

Puis je tombe énervé de parfums d'arbres, las,
Et creusant de ma face une fosse à mon rêve,
Mordant la terre chaude où poussent les lilas,

J'attends, en m'abîmant que mon ennui s'élève…
– Cependant l'Azur rit sur la haie et l'éveil
De tant d'oiseaux en fleur gazouillant au soleil.

(*Poésies,* 1866)

BRISE MARINE

La chair est triste, hélas ! et j'ai lu tous les livres.
Fuir ! là-bas fuir ! Je sens que des oiseaux sont ivres
D'être parmi l'écume inconnue et les cieux !
Rien, ni les vieux jardins reflétés par les yeux
Ne retiendra ce cœur qui dans la mer se trempe
Ô nuits ! ni la clarté déserte de ma lampe
Sur le vide papier que la blancheur défend,
Et ni la jeune femme allaitant son enfant.
Je partirai ! Steamer balançant ta mâture,
Lève l'ancre pour une exotique nature !
Un Ennui, désolé par les cruels espoirs,
Croit encore à l'adieu suprême des mouchoirs !
Et, peut-être, les mâts, invitant les orages,
Sont-ils de ceux qu'un vent penche sur les naufrages
Perdus, sans mâts, sans mâts, ni fertiles îlots...
Mais, ô mon cœur, entends le chant des matelots !

(*Poésies*)

LE TOMBEAU D'EDGAR POE

Tel qu'en lui-même enfin l'éternité le change,
Le Poète suscite avec un glaive nu
Son siècle épouvanté de n'avoir pas connu
Que la mort triomphait dans cette voix étrange !

Eux, comme un vil sursaut d'hydre oyant jadis l'ange
Donner un sens plus pur aux mots de la tribu
Proclamèrent très haut le sortilège bu
Dans le flot sans honneur de quelque noir mélange.

Du sol et de la nue hostiles, ô grief !
Si notre idée avec ne sculpte un bas-relief
Dont la tombe de Poe éblouissante s'orne,

Calme bloc ici-bas chu d'un désastre obscur
Que ce granit du moins montre à jamais sa borne
Aux noirs vols du Blasphème épars dans le futur.

(Sonnet publié à Baltimore en 1877)

JOSÉ-MARIA DE HEREDIA
(1842-1905)

ÉPIPHANIE

Donc Balthazar, Melchior et Gaspar, les Rois Mages,
Chargés de nefs d'argent, de vermeil et d'émaux
Et suivis d'un très long cortège de chameaux,
S'avancent, tels qu'ils sont dans les vieilles images.

De l'Orient lointain, ils portent leurs hommages
Aux pieds du fils de Dieu né pour guérir les maux
Que souffrent ici-bas l'homme et les animaux ;
Un page noir soutient leurs robes à ramages.

Sur le seuil de l'étable où veille saint Joseph,
Ils ôtent humblement la couronne du chef
Pour saluer l'Enfant qui rit et les admire.

C'est ainsi qu'autrefois, sous Augustus Cæsar,
Sont venus, présentant l'or, l'encens et la myrrhe,
Les Rois Mages Gaspar, Melchior et Balthazar.

(*Les Trophées,* 1893)

LES CONQUÉRANTS

Comme un vol de gerfauts hors du charnier natal,
Fatigués de porter leurs misères hautaines,
De Palos de Moguer, routiers et capitaines
Partaient, ivres d'un rêve héroïque et brutal.

Ils allaient conquérir le fabuleux métal
Que Cipango mûrit dans ses mines lointaines,
Et les vents alizés inclinaient leurs antennes
Aux bords mystérieux du monde Occidental.

Chaque soir, espérant des lendemains épiques,
L'azur phosphorescent de la mer des Tropiques
Enchantait leur sommeil d'un mirage doré ;

Ou, penchés à l'avant des blanches caravelles,
Ils regardaient monter en un ciel ignoré,
Du fond de l'Océan, des étoiles nouvelles.

(*Les Trophées*)

PAUL VERLAINE
(1844-1896)

NEVERMORE

Souvenir, souvenir, que me veux-tu ? L'automne
Faisait voler la grive à travers l'air atone,
Et le soleil dardait un rayon monotone
Sur le bois jaunissant où la bise détone.

Nous étions seul à seule et marchions en rêvant,
Elle et moi, les cheveux et la pensée au vent.
Soudain, tournant vers moi son regard émouvant :
« Quel fut ton plus beau jour ? » fit sa voix d'or vivant,

Sa voix douce et sonore, au frais timbre angélique.
Un sourire discret lui donna la réplique,
Et je baisai sa main blanche, dévotement.

– Ah ! les premières fleurs, qu'elles sont parfumées !
Et qu'il bruit avec un murmure charmant
Le premier *oui* qui sort de lèvres bien-aimées !

(*Poèmes saturniens,* « Melancholia II », 1866)

MON RÊVE FAMILIER

Je fais souvent ce rêve étrange et pénétrant
D'une femme inconnue, et que j'aime, et qui m'aime,
Et qui n'est, chaque fois, ni tout à fait la même
Ni tout à fait une autre, et m'aime et me comprend.

Car elle me comprend, et mon cœur transparent
Pour elle seule, hélas ! cesse d'être un problème
Pour elle seule, et les moiteurs de mon front blême,
Elle seule les sait rafraîchir, en pleurant.

Est-elle brune, blonde ou rousse ? – Je l'ignore.
Son nom ? Je me souviens qu'il est doux et sonore,
Comme ceux des aimés que la Vie exila.

Son regard est pareil au regard des statues,
Et, pour sa voix, lointaine, et calme, et grave, elle a
L'inflexion des voix chères qui se sont tues.

(*Poèmes saturniens,* « Melancholia VI »)

Il pleut doucement sur la ville
Arthur Rimbaud

IL PLEURE DANS MON CŒUR

Il pleure dans mon cœur
Comme il pleut sur la ville ;
Quelle est cette langueur
Qui pénètre mon cœur ?

Ô bruit doux de la pluie
Par terre et sur les toits !
Pour un cœur qui s'ennuie,
Ô le chant de la pluie !

Il pleure sans raison
Dans ce cœur qui s'écœure.
Quoi ! nulle trahison ?...
Ce deuil est sans raison.

C'est bien la pire peine
De ne savoir pourquoi
Sans amour et sans haine
Mon cœur a tant de peine !

(*Romances sans paroles,* « Ariettes oubliées III », 1874)

TRISTAN CORBIÈRE
(1845-1875)

SONNET POSTHUME

Dors : ce lit est le tien... Tu n'iras plus au nôtre.
– Qui dort dîne. – À tes dents viendra tout seul le foin.
Dors : on t'aimera bien – L'aimé c'est toujours l'*Autre*...
Rêve : La plus aimée est toujours la plus loin.

Dors : on t'appellera beau décrocheur d'étoiles !
Chevaucheur de rayons !... quand il fera bien noir ;
Et l'ange du plafond, maigre araignée, au soir,
– Espoir – sur ton front vide ira filer ses toiles.

Museleur de voilette ! un baiser sous le voile
T'attend... on ne sait où : ferme les yeux pour voir.
Ris : Les premiers honneurs t'attendent sous le poêle.

On cassera ton nez d'un bon coup d'encensoir,
Doux fumet !... pour la trogne en fleur, pleine de moelle
D'un sacristain très-bien, avec son éteignoir.

(*Les Amours jaunes,* « Rondels pour après », LXXXVIII, 1873)

RONDEL

Il fait noir, enfant, voleur d'étincelles !
Il n'est plus de nuits, il n'est plus de jours ;
Dors... en attendant venir toutes celles
Qui disaient : Jamais ! Qui disaient : Toujours !
Entends-tu leurs pas ?... Ils ne sont pas lourds :
Oh ! les pieds légers ! – l'Amour a des ailes...
Il fait noir, enfant, voleur d'étincelles !

Entends-tu leurs voix ?... Les caveaux sont sourds.
Dors : Il pèse peu, ton faix d'immortelles ;
Ils ne viendront pas, tes amis les ours,
Jeter leur pavé sur tes demoiselles...
Il fait noir, enfant, voleur d'étincelles.

(*Les Amours jaunes,* « Rondels pour après », LXXXIX)

LAUTRÉAMONT
(1846-1870)

LES CHANTS DE MALDOROR

(*Fragment*)

« Vieil océan, les différentes espèces de poissons que tu nourris n'ont pas juré fraternité entre elles. Chaque espèce vit de son côté. Les tempéraments et les conformations, qui varient dans chacune d'elles, expliquent, d'une manière satisfaisante, ce qui ne paraît d'abord qu'une anomalie. Il en est ainsi de l'homme, qui n'a pas les mêmes motifs d'excuse. Un morceau de terre est-il occupé par trente millions d'êtres humains, ceux-ci se croient obligés de ne pas se mêler de l'existence de leurs voisins, fixés comme des racines sur le morceau de terre qui suit. En descendant du grand au petit, chaque homme vit comme un sauvage dans sa tanière, et en sort rarement pour visiter son semblable, accroupi pareillement dans une autre tanière. La grande famille universelle des humains est une utopie digne de la logique la plus médiocre. En outre, du spectacle de tes mamelles fécondes, se dégage la notion d'ingratitude ; car, on pense aussitôt à ces parents nombreux, assez ingrats envers le Créateur, pour abandonner le fruit de leur misérable union. Je te salue, vieil océan !

« Vieil océan, ta grandeur matérielle ne peut se comparer qu'à la mesure qu'on se fait de ce qu'il a fallu de puissance active pour engendrer la totalité de ta masse. On ne peut pas t'embrasser d'un coup d'œil. Pour te contempler, il faut que la vue tourne son télescope, par un mouvement continu, vers les quatre points de l'horizon, de même qu'un mathématicien, afin de résoudre une équation algébrique, est obligé d'examiner séparément les divers cas possibles, avant de trancher la difficulté. L'homme mange des substances nourrissantes, et fait d'autres efforts, dignes d'un meilleur sort, pour paraître gras. Qu'elle se gonfle tant qu'elle voudra, cette adorable grenouille. Sois tranquille, elle ne t'égalera pas en grosseur ; je le suppose, du moins. Je te salue, vieil océan !

« Vieil océan, tes eaux sont amères. C'est exactement le même goût que le fiel que distille la critique sur les beaux-arts, sur les sciences, sur tout. Si quelqu'un a du génie, on le fait passer pour un idiot ; si quelque autre est beau de corps, c'est un bossu affreux. Certes, il faut que l'homme sente avec force son imperfection, dont les trois quarts d'ailleurs ne sont dus qu'à lui-même, pour la critiquer ainsi ! Je te salue, vieil océan !

« Vieil océan, les hommes, malgré l'excellence de leurs méthodes, ne sont pas encore parvenus, aidés par les moyens d'investigation de la science, à mesurer la profondeur vertigineuse de tes abîmes ; tu en as que les sondes les plus longues, les plus pesantes, ont reconnu inaccessibles. Aux poissons... ça leur est permis : pas aux hommes. Souvent, je me suis demandé quelle chose était le plus facile à reconnaître : la profondeur de l'océan ou la profondeur du cœur humain ! Souvent, la main portée au front, debout sur les vaisseaux, tandis que la lune se balançait entre les mâts d'une façon irrégulière, je me suis surpris, faisant abstraction de tout ce qui n'était pas le but que je poursuivais, m'efforçant de résoudre ce difficile problème ! Oui, quel est le plus profond, le plus impénétrable des deux : l'océan ou le cœur humain ? Si trente ans d'expérience de la vie peuvent jusqu'à un certain point pencher la balance vers l'une ou l'autre de ces solutions, il me sera permis de dire que, malgré la profondeur de l'océan, il ne peut pas se mettre en ligne, quant à la comparaison sur cette propriété, avec la profondeur du cœur humain. J'ai été en relation avec des hommes qui ont été vertueux. Ils mouraient à soixante ans, et chacun ne manquait pas de s'écrier : « Ils ont fait le bien sur cette terre, c'est-à-dire qu'ils ont pratiqué la charité : voilà tout, ce n'est pas malin, chacun peut en faire autant. » Qui comprendra pourquoi deux amants qui s'idolâtraient la veille, pour un mot mal interprété, s'écartent, l'un vers l'orient, l'autre vers l'occident, avec les aiguillons de la haine, de la vengeance, de l'amour et du remords, et ne se revoient plus, chacun drapé dans sa fierté solitaire. C'est un miracle qui se renouvelle chaque jour et qui n'en est pas moins miraculeux. Qui comprendra pourquoi l'on savoure non seulement les disgrâces générales de ses semblables, mais encore les particulières de ses amis les plus chers, tandis que l'on en est affligé en même temps ? Un exemple incontestable pour clore la série : l'homme dit hypocritement oui et pense non. C'est pour cela que les marcassins de l'humanité ont tant de confiance les uns dans les autres et ne sont pas égoïstes. Il reste à la psychologie beaucoup de progrès à faire. Je te salue, vieil océan ! [...]

(*Les Chants de Maldoror,* I, 1869)

MAURICE ROLLINAT
(1846-1903)

LA BICHE

La biche brame au clair de lune
Et pleure à se fondre les yeux :
Son petit faon délicieux
A disparu dans la nuit brune.

Pour raconter son infortune
À la forêt de ses aïeux,
La biche brame au clair de lune
Et pleure à se fondre les yeux.

Mais aucune réponse, aucune,
À ses longs appels anxieux !
Et, le cou tendu vers les cieux,
Folle d'amour et de rancune,
La biche brame au clair de lune.

(*Les Refuges,* 1885)

ARTHUR RIMBAUD
(1854-1891)

OPHÉLIE

I

Sur l'onde calme et noire où dorment les étoiles
La blanche Ophélia flotte comme un grand lys,
Flotte très lentement, couchée en ses longs voiles...
– On entend dans les bois lointains des hallalis.

Voici plus de mille ans que la triste Ophélie
Passe, fantôme blanc, sur le long fleuve noir;
Voici plus de mille ans que sa douce folie
Murmure sa romance à la brise du soir.

Le vent baise ses seins et déploie en corolle
Ses grands voiles bercés mollement par les eaux;
Les saules frissonnants pleurent sur son épaule,
Sur son grand front rêveur s'inclinent les roseaux.

Les nénuphars froissés soupirent autour d'elle;
Elle éveille parfois, dans un aune qui dort,
Quelque nid d'où s'échappe un petit frisson d'aile:
– Un chant mystérieux tombe des astres d'or.

II

Ô pâle Ophélia! belle comme la neige!
Oui tu mourus, enfant, par un fleuve emportée!
– C'est que les vents tombant des grands monts de Norvège
T'avaient parlé tout bas de l'âpre liberté;

C'est qu'un souffle inconnu, fouettant ta chevelure,
À ton esprit rêveur portait d'étranges bruits;
Que ton cœur écoutait le chant de la Nature
Dans les plaintes de l'arbre et les soupirs des nuits;

C'est que la voix des mers, comme un immense râle,
Brisait ton sein d'enfant trop humain et trop doux;

C'est qu'un matin d'avril, un beau cavalier pâle,
Un pauvre fou, s'assit, muet, à tes genoux!

Ciel! Amour! Liberté! Quel rêve, ô pauvre Folle!
Tu te fondais à lui comme une neige au feu:
Tes grandes visions étranglaient ta parole
– Et l'Infini terrible effara ton œil bleu.

III

– Et le Poète dit qu'aux rayons des étoiles
Tu viens chercher, la nuit, les fleurs que tu cueillis;
Et qu'il a vu sur l'eau, couchée en ses longs voiles,
La blanche Ophélia flotter, comme un grand lys.

(*Poésies*)

LE DORMEUR DU VAL

C'est un trou de verdure où chante une rivière,
Accrochant follement aux herbes des haillons
D'argent; où le soleil, de la montagne fière,
Luit: c'est un petit val qui mousse de rayons.

Un soldat jeune, bouche ouverte, tête nue,
Et la nuque baignant dans le frais cresson bleu,
Dort; il est étendu dans l'herbe, sous la nue,
Pâle dans son lit vert où la lumière pleut.

Les pieds dans les glaïeuls, il dort. Souriant comme
Sourirait un enfant malade, il fait un somme:
Nature, berce-le chaudement: il a froid.

Les parfums ne font pas frissonner sa narine;
Il dort dans le soleil, la main sur sa poitrine,
Tranquille. Il a deux trous rouges au côté droit.

(*Poésies*)

MA BOHÈME

(*fantaisie*)

Je m'en allais, les poings dans mes poches crevées ;
Mon paletot aussi devenait idéal ;
J'allais sous le ciel, Muse ! et j'étais ton féal ;
Oh ! là ! là ! que d'amours splendides j'ai rêvées !

Mon unique culotte avait un large trou.
– Petit-Poucet rêveur, j'égrenais dans ma course
Des rimes. Mon auberge était à la Grande-Ourse.
– Mes étoiles au ciel avaient un doux frou-frou

Et je les écoutais, assis au bord des routes,
Ces bons soirs de septembre où je sentais des gouttes
De rosée à mon front, comme un vin de vigueur,

Où, rimant au milieu des ombres fantastiques,
Comme des lyres, je tirais les élastiques
De mes souliers blessés, un pied près de mon cœur !

(*Poésies*)

VOYELLES

A noir, E blanc, I rouge, U vert, O bleu : voyelles,
Je dirai quelque jour vos naissances latentes :
A, noir corset velu des mouches éclatantes
Qui bombinent autour des puanteurs cruelles,

Golfes d'ombre ; E, candeurs des vapeurs et des tentes,
Lances des glaciers fiers, rois blancs, frissons d'ombelles ;
I, pourpres, sang craché, rire des lèvres belles
Dans la colère ou les ivresses pénitentes ;

U, cycles, vibrements divins des mers virides,
Paix des pâtis semés d'animaux, paix des rides
Que l'alchimie imprime aux grands fronts studieux ;

O, suprême Clairon plein des strideurs étranges,
Silences traversés des Mondes et des Anges ;
– Ô l'Oméga, rayon violet de Ses Yeux !

(*Poésies,* 1871)

AUBE

J'ai embrassé l'aube d'été.

Rien ne bougeait encore au front des palais. L'eau était morte. Les camps d'ombres ne quittaient pas la route du bois. J'ai marché, réveillant les haleines vives et tièdes, et les pierreries regardèrent, et les ailes se levèrent sans bruit.

La première entreprise fut, dans le sentier déjà empli de frais et blêmes éclats, une fleur qui me dit son nom.

Je ris au wasserfall blond qui s'échevela à travers les sapins : à la cime argentée je reconnus la déesse.

Alors je levai un à un les voiles. Dans l'allée, en agitant les bras. Par la plaine, où je l'ai dénoncée au coq. À la grand-ville elle fuyait parmi les clochers et les dômes, et courant comme un mendiant sur les quais de marbre, je la chassais.

En haut de la route, près d'un bois de lauriers, je l'ai entourée avec ses voiles amassés, et j'ai senti un peu son immense corps. L'aube et l'enfant tombèrent au bas du bois.

Au réveil il était midi.

(*Illuminations,* XXII, 1886)

JEAN MORÉAS
(1856-1910)

INTIMITÉ

Les rumeurs des hommes et des choses
Comme un flot expiré se sont tues.
– Tes beaux desseins que tu prostitues,
Ô mon cœur, compte-les, si tu l'oses.

Des détritus de bouquets de roses
Parfument les brises abattues.
– Compte tes fiertés condescendues,
Et tes vains essors aux ailes closes.

– Mais le doux ciel d'une nuit d'été
Bénit le sommeil de la cité ;
Au sort, va, n'en gardons pas rancune !

Puisque la vie est un sottisier,
Que je fume en face de la lune
Ma bonne pipe de merisier !

(*Les Cantilènes,* 1886)

REMY DE GOURMONT
(1858-1915)

LE SOIR

Heure incertaine, heure charmante et triste : les roses
Ont un sourire si grave et nous disent des choses
Si tendres que nos cœurs en sont tout embaumés ;
Le jour est pâle ainsi qu'une femme oubliée,
La nuit a la douceur des amours qui commencent,
L'air est rempli de songes et de métamorphoses ;
Couchée dans l'herbe pure des divines prairies,
Lasse et ses beaux yeux bleus déjà presque endormis,
La vie offre ses lèvres aux baisers du silence.

Heure incertaine, heure charmante et triste : des voiles
Se promènent à travers les naissantes étoiles
Et leurs ailes se gonflent, amoureuses et timides,
Sous le vent qui les porte aux rives d'Atlantide ;
Une lueur d'amour s'allume comme un adieu
À la croix des clochers qui semblent tout en feu
Et à la cime hautaine et frêle des peupliers :
Le jour est pâle ainsi qu'une femme oubliée
Qui peigne à la fenêtre lentement ses cheveux.

Heure incertaine, heure charmante et triste : les heures
Meurent quand ton parfum, fraîche et dernière fleur,
Épanche sur le monde sa candeur et sa grâce :
La lumière se trouble et s'enfuit dans l'espace,
Un frisson lent descend dans la chair de la terre,
Les arbres sont pareils à des anges en prière.
Oh ! reste, heure dernière ! Restez, fleurs de la vie !
Ouvrez vos beaux yeux bleus déjà presque endormis.

Heure incertaine, heure charmante et triste : les femmes
Laissent dans leurs regards voir un peu de leur âme ;
Le soir a la douceur des amours qui commencent.
Ô profondes amours, blanches filles de l'absence,
Aimez l'heure dont l'œil est grave et dont la main
Est pleine des parfums qu'on sentira demain ;
Aimez l'heure incertaine où la mort se promène,
Où la vie, fatiguée d'une journée humaine,
Entend déjà chanter, tout au fond du silence,
L'heure des songes légers, l'heure des renaissances !

(*Les Divertissements,* 1912)

SAINT-POL-ROUX
(1861-1940)

ALOUETTES

Les coups de ciseaux gravissent l'air.

Déjà le crêpe de mystère que jetèrent les fantômes du vêpre sur la chair fraîche de la vie, déjà le crêpe de ténèbre est entamé sur la campagne et sur la ville.

Les coups de ciseaux gravissent l'air.

Ouïs-tu pas la cloche tendre du bon Dieu courtiser de son tisonnier de bruit les yeux, ces belles-de-jour, les yeux blottis dessous les cendres de la nuit ?

Les coups de ciseaux gravissent l'air.

Surgis donc du somme où comme morts nous sommes, ô Mienne, et pavoise ta fenêtre avec les lis, la pêche et les framboises de ton être.

Les coups de ciseaux gravissent l'air.

Viens-t'en sur la colline où les moulins nolisent leurs ailes de lin, viens-t'en sur la colline de laquelle on voit jaillir des houilles éternelles le diamant divin de la vaste alliance du ciel.

Les coups de ciseaux gravissent l'air.

Du faîte emparfumé de thym, lavande, romarin, nous assisterons, moi la caresse, toi la fleur, à la claire et sombre fête des heures sur l'horloge où loge le destin, et nous regarderons là-bas passer le sourire du monde avec son ombre longue de douleur.

Les coups de ciseaux gravissent l'air.

(*La Rose et les épines du chemin,* 1901)

MAX ELSKAMP
(1862-1931)

OR C'EST MA VIE RÊVER AINSI

Or c'est ma vie rêver ainsi,
devant un peu trop d'espérance,
mains aux genoux comme l'on pense
à la mode de mon pays,

et cœur en foi, croyant de l'âme
que c'est déjà mon bien promis,
rien qu'à vous voir, hommes et femmes,
et toutes les choses d'ici.

Mais lors le ciel, la mer aussi,
et toute la vie bénévole,
mais lors le ciel, et plein aussi,
le monde de bonnes paroles,

musique, joie et bien acquis,
c'est mieux que d'attente et de gage,
mon cœur qui dit bonheur ici,
à drapeaux mis sur ses villages,

car c'est son lot d'aller ainsi
de joie aux hommes comme aux bêtes,
voulant en tout, dimanche et fêtes,
à la mode de son pays.

(*Enluminures,* 1898)

JULES RENARD
(1864-1910)

L'ALOUETTE

Je n'ai jamais vu d'alouette et je me lève inutilement avec
[l'aurore. L'alouette n'est pas un oiseau de la terre.
Depuis ce matin, je foule les mottes et les herbes sèches.
Des bandes de moineaux gris ou de chardonnerets peints à vif
[flottent sur les haies d'épines.
Le geai passe la revue des arbres dans un costume officiel.
Une caille rase des luzernes et trace au cordeau la ligne droite
[de son vol.
Derrière le berger qui tricote mieux qu'une femme, les
[moutons se suivent et se ressemblent.
Et tout s'imprègne d'une lumière si neuve que le corbeau, qui
[ne présage rien de bon, fait sourire.
Mais écoutez comme j'écoute.
Entendez-vous quelque part, là-haut, piler dans une coupe
[d'or des morceaux de cristal ?
Qui peut me dire où l'alouette chante ?
Si je regarde en l'air, le soleil brûle mes yeux.
Il me faut renoncer à la voir.
L'alouette vit au ciel, et c'est le seul oiseau du ciel qui chante
[jusqu'à nous. [...]

(*Histoires naturelles 94,* 1896)

HENRI DE RÉGNIER
(1864-1936)

ODELETTE

Un petit roseau m'a suffi
Pour faire frémir l'herbe haute
Et tout le pré
Et les doux saules
Et le ruisseau qui chante aussi;
Un petit roseau m'a suffi
À faire chanter la forêt.

Ceux qui passent l'ont entendu
Au fond du soir, en leurs pensées,
Dans le silence et dans le vent,
Clair ou perdu,
Proche ou lointain...
Ceux qui passent en leurs pensées
En écoutant, au fond d'eux-mêmes,
L'entendront encore et l'entendent
Toujours qui chante.

Il m'a suffi
De ce petit roseau cueilli
À la fontaine où vint l'Amour
Mirer, un jour;
Sa face grave
Et qui pleurait,
Pour faire pleurer ceux qui passent
Et trembler l'herbe et frémir l'eau;
Et j'ai, du souffle d'un roseau,
Fait chanter toute la forêt.

(*Les Jeux rustiques et divins,* 1897)

PAUL-JEAN TOULET
(1867-1920)

ROMANCES SANS MUSIQUE

En Arles

Dans Arle, où sont les Aliscams,
Quand l'ombre est rouge, sous les roses,
Et clair le temps,

Prends garde à la douceur des choses,
Lorsque tu sens battre sans cause
Ton cœur trop lourd ;

Et que se taisent les colombes :
Parle tout bas, si c'est d'amour,
Au bord des tombes.

(*Chansons,* « Les Contrerimes », 1921)

EDMOND ROSTAND
(1868-1918)

TIRADE DES NEZ

[Cyrano]

Ah ! non ! c'est un peu court, jeune homme !
On pouvait dire... Oh ! Dieu !... bien des choses en somme.
En variant le ton, par exemple, tenez :
Agressif : « Moi, Monsieur, si j'avais un tel nez,
Il faudrait sur-le-champ que je me l'amputasse ! »
Amical : « Mais il doit tremper dans votre tasse !
Pour boire, faites-vous fabriquer un hanap ! »
Descriptif : « C'est un roc !... c'est un pic !... c'est un cap !
Que dis-je, c'est un cap ?... C'est une péninsule ! »
Curieux : « De quoi sert cette oblongue capsule ?
D'écritoire, Monsieur, ou de boîte à ciseaux ? »
Gracieux : « Aimez-vous à ce point les oiseaux
Que paternellement vous vous préoccupâtes
De tendre ce perchoir à leurs petites pattes ? »
Truculent : « Ça, Monsieur, lorsque vous pétunez,
La vapeur du tabac vous sort-elle du nez
Sans qu'un voisin ne crie au feu de cheminée ? »
Prévenant : « Gardez-vous, votre tête entraînée
Par ce poids, de tomber en avant sur le sol ! »
Tendre : « Faites-lui faire un petit parasol
De peur que sa couleur au soleil ne se fane ! »
Pédant : « L'animal seul, Monsieur, qu'Aristophane
Appelle Hippocampelephantocamelos
Dût avoir sous le front tant de chair sur tant d'os ! »
Cavalier : « Quoi, l'ami, ce croc est à la mode ?
Pour pendre son chapeau, c'est vraiment très commode ! »
Emphatique : « Aucun vent ne peut, nez magistral,
T'enrhumer tout entier, excepté le mistral ! »
Dramatique : « C'est la Mer Rouge quand il saigne ! »
Admiratif : « Pour un parfumeur, quelle enseigne ! »
Lyrique : « Est-ce une conque, êtes-vous un triton ? »
Naïf : « Ce monument, quand le visite-t-on ? »
Respectueux : « Souffrez, Monsieur, qu'on vous salue,
C'est là ce qui s'appelle avoir pignon sur rue ! »
Campagnard : « He, arde ! C'est-y un nez ? Nanain !
C'est queuqu'navet géant ou ben queuqu'melon nain ! »
Militaire : « Pointez contre cavalerie ! »
Pratique : « Voulez-vous le mettre en loterie ?

Assurément, Monsieur, ce sera le gros lot ! »
Enfin, parodiant Pyrame en un sanglot :
« Le voilà donc ce nez qui des traits de son maître
A détruit l'harmonie ! Il en rougit, le traître ! »
Voilà ce qu'à peu près, mon cher, vous m'auriez dit
Si vous aviez un peu de lettres et d'esprit :
Mais d'esprit, ô le plus lamentable des êtres,
Vous n'en eûtes jamais un atome, et de lettres
Vous n'avez que les trois qui forment le mot : sot !
Eussiez-vous eu, d'ailleurs, l'invention qu'il faut
Pour pouvoir là, devant ces nobles galeries,
Me servir toutes ces folles plaisanteries,
Que vous n'en eussiez pas articulé le quart
De la moitié du commencement d'une, car
Je me les sers moi-même, avec assez de verve
Mais je ne permets pas qu'un autre me les serve.

(*Cyrano de Bergerac,* acte I, sc. IV, 1898)

[Cyrano]

Moi c'est moralement que j'ai mes élégances.
Je ne m'attife pas ainsi qu'un freluquet,
Mais je suis plus soigné si je suis moins coquet ;
Je ne sortirais pas avec, par négligence,
Un affront pas très bien lavé, la conscience
Jaune encor de sommeil dans le coin de mon œil,
Un honneur chiffonné, des scrupules en deuil.
Mais je marche sans rien sur moi qui ne reluise,
Empanaché d'indépendance et de franchise ;
Ce n'est pas une taille avantageuse, c'est
Mon âme que je cambre ainsi qu'en un corset,
Et tout couvert d'exploits qu'en rubans je m'attache,
Retroussant mon esprit ainsi qu'une moustache,
Je fais, en traversant les groupes et les ronds,
Sonner les vérités comme des éperons.

(*Cyrano de Bergerac,* acte I, sc. IV)

HENRY J.-M. LEVET
(1874-1906)

OUTWARDS

À Francis Jammes.

L'*Armand-Béhic* (des Messageries Maritimes)
File quatorze nœuds sur l'Océan Indien...
Le soleil se couche en des confitures de crimes,
Dans cette mer plate comme avec la main.

– Miss Roseway, qui se rend à Adélaïde,
Vers le *Sweet Home* au fiancé australien,
Miss Roseway, hélas, n'a cure de mon spleen ;
Sa lorgnette sur les Laquedives, au loin...

– Je vais me préparer – sans entrain ! – pour la fête
De ce soir : sur le pont, lampions, danses, romances
(Je dois accompagner miss Roseway qui quête

– Fort gentiment – pour les familles des marins
Naufragés !) Oh, qu'en une valse lente, ses reins
À mon bras droit, je l'entraîne sans violence

Dans un naufrage où Dieu reconnaîtrait les siens...

(*Cartes postales et autres textes,* « Sonnets torrides », 1943)

ANNA DE NOAILLES
(1876-1933)

J'ÉCRIS POUR QUE LE JOUR

J'écris pour que le jour où je ne serai plus
On sache comme l'air et le plaisir m'ont plu,
Et que mon livre porte à la foule future
Comme j'aimais la vie et l'heureuse Nature.

Attentive aux travaux des champs et des maisons,
J'ai marqué chaque jour la forme des saisons,
Parce que l'eau, la terre et la montagne flamme
En nul endroit ne sont si belles qu'en mon âme !

J'ai dit ce que j'ai vu et ce que j'ai senti,
D'un cœur pour qui le vrai ne fut point trop hardi,
Et j'ai eu cette ardeur, par l'amour intimée,
Pour être, après la mort, parfois encore aimée,

Et qu'un jeune homme, alors, lisant ce que j'écris,
Sentant par moi son cœur ému, troublé, surpris,
Ayant tout oublié des épouses réelles,
M'accueille dans son âme et me préfère à elles...

(*L'Ombre des jours,* 1902)

T'AIMER. ET QUAND LE JOUR TIMIDE

T'aimer. Et quand le jour timide va renaître,
Entendre, en s'éveillant, derrière les fenêtres,
Les doux cris jaillissants, dispersés, des oiseaux,
Éclater et glisser sur la brise champêtre
Comme des grains légers de grenades sur l'eau...
– T'espérer! et sentir que le golfe halète
En bleuâtres soupirs vers le ciel libre et clair;
Et voir l'eucalyptus, dans la liqueur de l'air,
Agiter son feuillage ainsi que des ablettes!
– Voir la fête éblouie et profonde des cieux
recommencer, et luire ainsi qu'au temps d'Homère,
Et, bondissant d'amour dans la sainte lumière,
La montagne acérée incisant le ciel bleu!
– Et t'attendre! goûter cette impudique ivresse
De songer, sans encor les avoir bien connus
À ton regard voilà d'amour, à tes bras nus,
Au doux vol hésitant de ta jeune caresse
Qui semble un chaud frelon par les fleurs retenu!
– Et puis te voir enfin venir entre les palmes,
Innocent, assuré, sans crainte, les yeux calmes,
Vers mes bras enivrés où le destin fatal
Te pliera durement et te fera du mal;
Alors saisir tes mains, comme la brusque chèvre
Mord la fleur de cassie et rompt le myrte étroit;
Et, les yeux clos, avoir, pour la première fois,
Bu l'humide tiédeur qui dort entre tes lèvres...
– Ô cher pâtre, inquiet et désormais terni,
J'ai vécu pour cela, qui est déjà fini!

(*Poème de l'amour,* 1924)

RENÉE VIVIEN
(1877-1909)

ONDINE

Ton rire est clair, ta caresse est profonde,
Tes froids baisers aiment le mal qu'ils font;
Tes yeux sont bleus comme un lotus sur l'onde,
Et les lys d'eau sont moins purs que ton front.

Ta forme fuit, ta démarche est fluide,
Et tes cheveux sont de légers roseaux;
Ta voix ruisselle ainsi qu'un flot perfide;
Tes souples bras sont pareils aux roseaux,

Aux longs roseaux des fleuves, dont l'étreinte
Enlace, étouffe, étrangle savamment,
Au fond des flots, une agonie éteint
Dans un nocturne évanouissement.

(*Études et préludes,* 1901)

LES YEUX GRIS

Le charme de tes yeux sans couleur ni lumière
Me prend étrangement ; il se fait triste et tard,
Et, perdu sous le pli de ta pâle paupière,
Dans l'ombre de tes cils sommeille ton regard.

J'interroge longtemps tes stagnantes prunelles.
Elles ont le néant du soir et de l'hiver
Et des tombeaux : j'y vois les limbes éternels,
L'infini lamentable et terne de la mer.

Rien ne survit en toi, pas même un rêve tendre.
Tout s'éteint dans tes yeux sans âme et sans reflet,
Comme dans un foyer de silence et de cendre...
Et l'heure est monotone ainsi qu'un chapelet.

Parmi l'accablement du morne paysage,
Un froid mépris me prend des vivants et des forts...
J'ai trouvé dans tes yeux la paix sinistre et sage
Et la mort qu'on respire à rêver près des morts.

(*Études et préludes*)

OSCAR VLADISLAS DE LUBICZ MILOSZ

(1877-1939)

TOUS LES MORTS SONT IVRES

Tous les morts sont ivres de pluie vieille et froide
Au cimetière étrange de Lofoten
L'horloge du dégel tictaque lointaine
Au cœur des cercueils pauvres de Lofoten

Et grâce aux trous creusés par le noir printemps
Les corbeaux sont gras de froide chair humaine
Et grâce au maigre vent à la voix d'enfant
Le sommeil est doux aux morts de Lofoten

Je ne verrai très probablement jamais
Ni la mer ni les tombes de Lofoten
Et pourtant c'est en moi comme si j'aimais
Ce lointain coin de terre et toute sa peine

Vous disparus, vous suicidés, vous lointaines
Au cimetière étranger de Lofoten
– Le nom sonne à mon oreille étrange et doux.
Vraiment, dites-moi, dormez-vous, dormez-vous ?

– Tu pourrais me conter des choses plus drôles
Beau claret dont ma coupe d'argent est pleine.
Des histoires plus charmantes et moins folles ;
Laisse-moi tranquille avec ton Lofoten.

Il fait bon. Dans le foyer doucement traîne
La voix du plus mélancolique des mois.
– Ah ! les morts, y compris ceux de Lofoten –
Les morts, les morts sont au fond moins morts que moi...

(*Les Sept Solitudes,* 1906)

VICTOR SEGALEN
(1878-1919)

AUX DIX MILLE ANNÉES

Ces barbares, écartant le bois et la brique et la terre,
bâtissent dans le roc afin de bâtir éternel !
Ils vénèrent des tombeaux dont la gloire est d'exister encore ;
des ponts renommés d'être vieux et des temples de pierre trop dure dont pas une assise ne joue.
Ils vantent que leur ciment durcit avec les soleils ; les lunes meurent en polissant leurs dalles ;
rien ne disjoint la durée dont ils s'affublent ces ignorants, ces barbares !

Vous ! fils de Han, dont la sagesse atteint dix mille années et dix mille milliers d'années,
gardez-vous de cette méprise.
Rien d'immobile n'échappe aux dents affamées des âges. La durée n'est point le sort du solide. L'immuable n'habite pas vos murs, mais en vous, hommes lents, hommes continuels.
Si le temps ne s'attaque à l'œuvre, c'est l'ouvrier qu'il mord. Qu'on le rassasie : ces troncs pleins de sève, ces couleurs vivantes, ces ors que la pluie lave et que le soleil éteint.
Fondez sur le sable. Mouillez copieusement votre argile. Montez les bois pour le sacrifice ; bientôt le sable cédera, l'argile gonflera, le double toit criblera le sol de ses écailles.
Toute l'offrande est agréée !
Or, si vous devez subir la pierre insolente et le bronze orgueilleux, que la pierre et que le bronze subissent les contours du bois périssable et stimulent son effort caduc :
Point de révolte : honorons les âges dans leurs chutes successives et le temps dans sa voracité.

(*Stèles,* 1912)

ÉLOGE DE LA JEUNE FILLE

Magistrats ! dévouez aux épouses vos arcs triomphaux. Enjambez les routes avec la louange des veuves obstinées. Usez du ciment, du faux marbre et de la boue séchée pour dresser les mérites de ces dames respectables, – c'est votre emploi.

Je garde le mien qui est d'offrir à une autre un léger tribut de paroles, une arche de buée dans les yeux, un palais trouble dansant au son du cœur et de la mer.

*

Ceci est réservé à la seule Jeune Fille. À celle à qui tous les maris du monde sont promis, – mais qui n'en tient pas encore.

À celle dont les cheveux libres tombent en arrière, sans empois, sans fidélité – et les sourcils ont l'odeur de la mousse.

À celle qui a des seins et n'allaite pas ; un cœur et n'aime pas ; un ventre pour les fécondités, mais décemment demeure stérile.

À celle riche de tout ce qui viendra ; qui va tout choisir, tout recevoir, tout enfanter peut-être.

À celle qui, prête à donner ses lèvres à la tasse des épousailles, tremble un peu, ne sait que dire, consent à boire, – et n'a pas encore bu.

(*Stèles*)

CATHERINE POZZI
(1882-1934)

AVE

Très haut amour, s'il se peut que je meure
Sans avoir su d'où je vous possédais,
En quel soleil était votre demeure
En quel passé votre temps, en quelle heure
    Je vous aimais,

Très haut amour qui passez la mémoire,
Feu sans foyer dont j'ai fait tout mon jour,
En quel destin vous traciez mon histoire,
En quel sommeil se voyait votre gloire,
    Ô mon séjour...

Quand je serai pour moi-même perdue
Et divisée à l'abîme infini,
Infiniment, quand je serai rompue,
Quand le présent dont je suis revêtue
    Aura trahi,

Par l'univers en mille corps brisée,
De mille instants non rassemblés encor,
De cendre aux cieux jusqu'au néant vannée,
Vous referez pour une étrange année
    Un seul trésor

Vous referez mon nom et mon image
De mille corps emportés par le jour,
Vive unité sans nom et sans visage,
Cœur de l'esprit, ô centre du mirage
    Très haut amour.

(*Poésies,* 1959)

TRISTAN DERÈME
(1889-1941)

LA PORTE DU JARDIN

La porte du jardin donne sur la ruelle
Et c'est là qu'un beau soir elle est apparue, elle
De qui l'amour est clair, comme l'aube et l'azur.
Elle m'attend. Le chat s'étire sur le mur.
Elle m'attend. C'est le village après la steppe.
Son sourire est léger comme une aile de guêpe.
Elle m'attend sous la tonnelle de roseaux.
Mon cœur est une cage où chantent mille oiseaux.
Elle m'attend, elle regarde la pendule.
J'arriverai dans la tiédeur du crépuscule,
Et quand je la verrai me tendre les deux mains,
Les roses de juillet pleuvront sur les chemins.

(*La Verdure dorée,* XLV, 1922)

Sixième partie

AU PAYS DE LA DÉRISION ET DE L'ABSURDE

(du XIXe au XXe siècle)

ALPHONSE ALLAIS
(1854-1905)

COMPLAINTE AMOUREUSE

Oui dès l'instant que je vous vis
Beauté féroce, vous me plûtes ;
De l'amour qu'en vos yeux je pris,
Sur-le-champ, vous vous aperçûtes.

Mais de quel air froid vous reçûtes
Tous les soins que pour vous je pris !
Combien de soupirs je rendis ?
Et quel profond dédain vous eûtes
Pour les vœux que je vous offris !

En vain je priai, je gémis,
Dans votre dureté vous sûtes
Mépriser tout ce que je fis ;
Même un jour je vous écrivis
Un billet tendre, que vous lûtes,
Et je ne sais comment vous pûtes,
De sang-froid, voir ce que je mis.

Ah ! Fallait-il que vous me plussiez,
Qu'ingénument je vous le dise,
Qu'avec orgueil vous vous tussiez ;

Fallait-il que je vous aimasse
Que vous me désespérassiez
Et qu'enfin je m'opiniâtrasse
Et que je vous idolâtrasse
Pour que vous m'assassinassiez !

(*Par les bois du Djinn, Parle et bois du gin,* 1997)

Septième partie

PLUS PRÈS DE NOUS ENCORE...

JEAN D'ARVOR
(1883-1970)

LA CATHÉDRALE ENDORMIE

Le soir s'effeuille bleu... d'un bleu qui s'éthérise,
La cathédrale, au ciel, tend son double clocher
Dont la pierre s'estompe et déjà se fait grise
Puis se moire à la nuit qui semble s'approcher.

Au soleil qui s'éteint, un trou d'azur s'irise
Que la cime des tours paraît parfois toucher,
Un dernier vol d'oiseaux passe et souvent les frise
Avant que de s'abattre enfin et s'y nicher.

Tout est calme... soudain les Saints semblent revivre
Et, prêtres du dehors, dans leurs niches, bouger
Puis, tout autour du Temple endormi, se ranger...

...On dirait qu'on les voit se rejoindre et se suivre:
Soldats prenant la veille à l'instant où la nuit
Fait tomber son opaque où tout s'évanouit!

(*Poèmes de gloire et de foi,* 1957)

ALAIN BORNE
(1915-1962)

POURQUOI

Pourquoi encore un pas, encore un baiser, encore un jour?
Pourquoi passer encore un chiffon de ferveur pour que luise le cuivre du soleil une fois de plus?
Pourquoi tenter de le nettoyer de l'ennui?
Pourquoi se redresser comme la colonne vertébrale d'un homme accablé qui a de l'orgueil à être la colonne vertébrale d'un homme?
Pourquoi avoir de l'orgueil à être un homme?
Le chardon est promis au feu et semblable est le destin de l'homme.
Que le glas de l'homme laisse en repos les clochers.
Qu'il soit sonné par les fleurs des champs avec le battant de la rosée.
Puis qu'on fasse un foin serré de cette fausse tristesse et qu'on la brûle.
Et qu'on casse la coquille de Dieu dans un casse-noix d'éclairs.
Et qu'avec l'huile on sacre un autre Adam.

(*Le Plus Doux Poignard*)

JEAN-CLAUDE PIROTTE
(né en 1939)

CE N'EST JAMAIS LE MOMENT

ce n'est jamais le moment
de s'arrêter dans la vie
c'est une affaire d'argent
ou d'amour ou de pari
mais les mouettes reviennent
avec l'hiver et leurs ailes
ressemblent aux demoiselles
qui patinent sur la glace
des canaux d'un autre siècle
et sourient au temps qui passe

dans les yeux de l'adolescente
on voit l'ombre gagner la lande
on voit les prochaines amours
s'étreindre et les ans mourir
on voit les voiles des navires
s'éloigner vers la fin des jours
on voit la mer qui se retire
le ciel s'assombrir et l'été
s'effacer à tout jamais
on voit l'hiver enfin s'étendre
et redessiner la Hollande

nous marchons sur les plages blanches
où l'écume et la neige fondent
sur le sable, dimanche
a des ciels comme des semaines

et les enfants rouges qui aiment
les ballons plus ronds que le monde
écoutent monter la marée
très loin dans la brume des îles
voyagent au large des villes

RICHARD ROGNET
(né en 1942)

NOUS N'EXORCISERONS AUCUN FRUIT

Nous n'exorciserons aucun fruit, aucune foudre, aucun matin, nous n'exigerons aucun chiffre, aucun peuple, aucun secret, nous serons la menace du mutisme et ce triomphe par lequel tout n'arrive que brièvement.

Nous ne célébrerons pas la naissance : trop d'espoir s'y loge et nous n'aimons que ce qui nous insère dans l'immédiat, sans dédicace, sans beauté, sans salut.

Ce qui nous conviendrait commencerait avec nous comme une tentation.

Nous la tuerons cette liberté, notre moule docile.

Nous n'avons que faire du masque tutélaire : saluons le divorce.

Les chants célèbres puent.

(*L'Épouse émiettée*)

Huitième partie

Et pour finir en chansons...

(du XIVe au XXe siècle)

CHANSONS POPULAIRES

À LA CLAIRE FONTAINE

À la claire fontaine
M'en allant promener
J'ai trouvé l'eau si belle
Que je m'y suis baigné.
Il y a longtemps que je t'aime,
Jamais je ne t'oublierai...

Sous les feuilles d'un chêne,
Je me suis fait sécher.
Sur la plus haute branche,
Un rossignol chantait.
Il y a longtemps que je t'aime
Jamais je ne t'oublierai...

Chante, rossignol, chante
Toi qui as le cœur gai.
Tu as le cœur à rire,
Moi, je l'ai à pleurer.
Il y a longtemps que je t'aime,
Jamais je ne t'oublierai...

J'ai perdu mon amie
Sans l'avoir mérité,
Pour un bouquet de roses
Que je lui refusai.
Il y a longtemps que je t'aime,
Jamais je ne t'oublierai...

Je voudrais que la rose
Fût encore au rosier
Et que ma douce amie
Fût encore à m'aimer.
Il y a longtemps que je t'aime
Jamais je ne t'oublierai...

JEAN-BAPTISTE CLÉMENT
(1836-1903)

LE TEMPS DES CERISES

Quand nous chanterons le temps des cerises,
Et gai rossignol et merle moqueur
Seront tous en fête.
Les belles auront la folie en tête
Et les amoureux du soleil au cœur.
Quand nous chanterons le temps des cerises,
Sifflera bien mieux le merle moqueur.

Mais il est bien court, le temps des cerises
Où l'on s'en va deux cueillir en rêvant
Des pendants d'oreille,
Cerises d'amour aux robes pareilles
Tombant sous la feuille en gouttes de sang.
Mais il est bien court le temps des cerises,
Pendants de corail qu'on cueille en rêvant.

Quand vous en serez au temps des cerises,
Si vous avez peur des chagrins d'amour,
évitez les belles!...
Moi qui ne crains pas les peines cruelles
Je ne vivrai point sans souffrir un jour.
Quand vous en serez au temps des cerises,
Vous aurez aussi des peines d'amour!...

J'aimerai toujours le temps des cerises,
C'est de ce temps-là que je garde au cœur
Une plaie ouverte.
Et dame fortune en m'étant offerte
Ne pourra jamais calmer ma douleur.
J'aimerai toujours le temps des cerises
Et le souvenir que je garde au cœur.

Index des auteurs

Table des poèmes

Librio

982

Composition PCA
Achevé d'imprimer en Italie par Grafica Veneta
en juillet 2010 pour le compte de E.J.L.
87, quai Panhard-et-Levassor, 75013 Paris
Dépôt légal juillet 2010
EAN 9782290023816

Diffusion France et étranger : Flammarion